SUSANA RUBIO

LOS PROBLEMAS DE EMMA

Montena

Papel certificado por el Forest Stewardship Council®

Primera edición: mayo de 2025

© 2025, Susana Rubio
© 2025, Penguin Random House Grupo Editorial, S. A. U.
Travessera de Gràcia, 47-49. 08021 Barcelona
Imágenes de interiores: Adobe Stock

Penguin Random House Grupo Editorial apoya la protección de la propiedad intelectual. La propiedad intelectual estimula la creatividad, defiende la diversidad en el ámbito de las ideas y el conocimiento, promueve la libre expresión y favorece una cultura viva. Gracias por comprar una edición autorizada de este libro y por respetar las leyes de propiedad intelectual al no reproducir ni distribuir ninguna parte de esta obra por ningún medio sin permiso. Al hacerlo está respaldando a los autores y permitiendo que PRHGE continúe publicando libros para todos los lectores. De conformidad con lo dispuesto en el artículo 67.3 del Real Decreto Ley 24/2021, de 2 de noviembre, PRHGE se reserva expresamente los derechos de reproducción y de uso de esta obra y de todos sus elementos mediante medios de lectura mecánica y otros medios adecuados a tal fin. Diríjase a CEDRO (Centro Español de Derechos Reprográficos, http://www.cedro.org) si necesita reproducir algún fragmento de esta obra.
En caso de necesidad, contacte con: seguridadproductos@penguinrandomhouse.com

Printed in Spain – Impreso en España

ISBN: 978-84-10396-19-7
Depósito legal: B-4.635-2025

Compuesto en Grafime, S. L.
Impreso en Rotoprint by Domingo, S. L.
Castellar del Vallès (Barcelona)

GT 96197

Para todas aquellas personas que toman decisiones,
aunque se equivoquen (o no)

CAPÍTULO 1
Emma

Hace una semana que Kaiden me besó. Y estoy en una nube permanente y, según Beatriz, con cara de atontada.

No es para menos.

¿Sabéis esa sensación cuando parece que los pies se separan unos milímetros del suelo y vuelas?

Pues eso.

Cada vez que lo recuerdo me parece que levito un poco, hasta que alguien me llama la atención y caigo en picado.

¡Bum!

—«¡Emma! ¿Has entendido el ejercicio?».

Miss Clarke me está mirando directamente y entiendo que me lo ha preguntado a mí.

Claro, no hay ninguna Emma más en la clase.

Le respondo en inglés, por supuesto.

—«Sí, sí».

—«Entonces ¿a qué esperas?».

—«Perdón».

Empiezo a hacer el ejercicio y escucho la risilla de Beatriz a mi lado.

—No te rías —le digo apurada.

—Le iba a decir que estabas pensando en Kaiden, pero mejor no la liamos, que la *teacher* ya sabe demasiado.

—¿Habrá creído que estoy pensando en él?

—Esta tiene un máster, así que seguro que sí.

—Qué vergüenza.

—El amor es así...

—Anda, calla.

No es amor, es..., es..., es solo atracción y que me besó de una manera que no logro olvidar.

¿No debería haber olvidado en una semana un poco esa sensación? Pues no soy capaz.

Me lavo los dientes pensando en el beso.

Me cepillo el pelo pensando en el beso.

Me visto pensando en el beso.

Me maquillo pensando en el beso...

Dios, es complicado no pensar en ello, pero luego me digo: «Ni que hubiera sido tu primer beso, Emma! Por favor, que parezco una niña pequeña».

Lo sé, todo eso lo sé. Y más cosas que me he dicho yo misma: «Solo fue un beso», «No duró tanto como para que lo rememores de este modo», «Hace ya una semana, ¡una! ¿Tanto te gusta Kaiden? ¿No estarás idealizando ese momento?». A veces me pasa: vivo alguna situación y después la convierto en algo memorable cuando en realidad no ha sido para tanto. Debe de ser parte de mi carácter optimista.

Pero no es eso. Esta vez no.

Ese beso me ha dejado marcada de pies a cabeza.

Cuando acaba la clase de Inglés, Beatriz y yo salimos al patio y damos una vuelta por allí mientras charlamos. Necesitamos movernos después de estar tanto rato sentadas y además no nos apetece hablar con nadie más.

Nos cruzamos con Daniela, Mar y sus amigas, que están sentadas en unas escaleras. Daniela nos saluda, pero las demás nos ignoran con descaro. La verdad es que Mar ha faltado unos días a clase y yo respiraba mucho mejor. Pero aquí está de nuevo, así que paso delante de ella con la cabeza bien alta. Tanto Noa como Beatriz creen que no debo esconderme de ella porque no he hecho nada malo.

Y yo también pienso lo mismo.

El problema lo tiene ella.

Ella y Diego, claro.

Porque Diego se ha distanciado de mí estos días, e imagino que es por Mar. Tal vez no quiere malos rollos o más problemas. Y yo tampoco. Diego me..., me gusta, o sea, me cae muy bien y creo que es un tío interesante, pero no merece la pena meterme en ese tipo de historias. Con el hielo en la espalda tuve suficiente, no tengo ganas de ser el blanco de las putadas de Mar y sus fans.

—Bueno, ¿y qué vas a decirle a Kaiden?

Suspiro por milésima vez. No sé qué voy a decirle.

—Ni idea.

—Pero te gusta mucho.

—Sí, mucho.

—Pero no te fías.

—Para nada.

—¿Por lo de Lola?

—Por lo de Lola, por lo que me dijo Mar, porque es demasiado guapo...

—De eso él no tiene la culpa.

—No, de eso no. Pero del resto sí.

—Pero tendrás que responderle algo...

Kaiden me ha dicho que le gustaría conocerme. Así tal cual. Y por Instagram. Cuando lo leí, entendí perfectamente a qué se refería y me entró un miedo terrible: ¿y si no le gusto?, ¿y si dejo de gustarle?, ¿y si cree que soy poco interesante?

Joder, la cabeza me dio mil vueltas tras leer aquello y no le he respondido todavía. De eso hace dos días.

Luego, en el instituto, se ha comportado con normalidad conmigo. Como antes. Como si no hubiera pasado nada o como si no me hubiese escrito aquello. ¿No quiere que los demás sepan que le gusto o que nos hemos besado?

Sí, sí, me va a explotar la cabeza en cualquier momento.

—Le diré que ya nos estamos conociendo. Punto.

—Suena un poco borde, ¿no crees?

Resoplo, agobiada. No sé qué hacer. Porque es verdad que me gusta mucho, y también que nos buscamos con la mirada constantemente. Pero con Roberto aprendí a guiarme por mi intuición. Y algo me dice que Kaiden me va a hacer sufrir más de lo que estoy dispuesta a soportar.

—Rubia...

Me vuelvo al escuchar su voz.

Está con sus dos mejores amigos: Aarón e Iván. El primero no le quita ojo a Beatriz, y ella disimula todo lo que puede.

—¿Vais a venir al centro canino? La semana pasada los perrillos os echaron de menos —me dice Kaiden, que está sentando en uno de los bancos del patio.

Mi amiga y yo nos detenemos un momento. Lo miro a los ojos y veo un brillo especial en ellos, pero disimula tan bien lo que ha pasado entre nosotros que me da por pensar que me lo he inventado todo.

Pero no.

Nos besamos.

Y fue superespecial.

¿O quizá solo lo fue para mí?

Joder, ya están aquí este tipo de pensamientos que también me ponen de los nervios: «Para él habrá sido un beso sin más, no eres especial, no fue para tanto, Emma. Eres una exagerada, él da ese tipo de besos cada dos por tres. ¿Recuerdas el de Lola?».

Frunzo el ceño y Kaiden me mira preocupado.

—¿Todo bien? —me pregunta.

—Sí, claro —responde Beatriz por mí—. Y sí, hoy sí podemos ir al centro canino con vosotros.

—Genial —dice Aarón mirándola con una gran sonrisa.

—Y, si os parece bien, podríamos cambiar de parejas. Yo iré con Kaiden —comenta Beatriz sin darle importancia.

Los tres nos miran sorprendidos y yo asiento con la cabeza. Beatriz y yo ya lo habíamos hablado. No estoy preparada para dar un paseo a solas con Kaiden.

—Por mí de acuerdo —responde Kaiden buscando de nuevo mi mirada.

Me vuelvo hacia un lado, no quiero que lea mi decepción. Pensaba que diría algo... o se quejaría. Pero por lo visto ni él ni Aarón van a llevar la contraria a Beatriz.

Mejor.

Mejor, ¿verdad?

Sí, claro que sí. Solo de pensar en estar a solas con él me entra el tembleque.

—¡Pues nos vemos luego para ir al centro! —dice Iván con entusiasmo.

Beatriz y yo soltamos una risilla porque sabemos que tiene ganas de ver a Shula. Ambas creemos que podrían hacer buena pareja, eso de formar parejitas se nos da muy bien, pero cuando se trata de nosotras...

—Vale, hasta luego —decimos las dos casi a la vez.

—Hasta luego —nos responden los tres.

Sin poder evitarlo mi mirada se cruza con la de Kaiden. Bajo los ojos para seguir nuestro paseo por el patio.

—¡Ey! ¡Emma!

Me vuelvo al escuchar a Kaiden de nuevo.

—¿Qué?

—Solo es un sí o un no.

Lo miro alzando ambas cejas.

Aarón e Iván silban haciendo el idiota e imagino que no saben de qué va la cosa.

—¿Es bueno decir que sí todo el tiempo?

Kaiden se ríe por mi pregunta.

Lo sabe, sabe que es una manera de escaquearme.

—Decir que no es todo un arte —me replica con tranquilidad.

Sonrío porque me gusta su respuesta.

¿Estamos jugando?

Eso parece...

Beatriz y yo seguimos nuestro camino, y, cuando nos hemos alejado un poco, ella salta enseguida:

—Tía, ¿esos dos no saben nada?

—No tengo ni idea.

—Es lo que parece. Kaiden no les ha dicho nada del beso.

—¿Y eso es bueno?

Beatriz y yo nos miramos unos segundos y callamos.

¿Lo es? No lo sé. No conozco a Kaiden tanto como para saberlo. ¿Está siendo discreto? ¿O quizá nada es tan importante como para que lo sepan sus mejores amigos?

CAPÍTULO 2
Kaiden

Besar a Emma fue... distinto.

Y todos sabemos que lo que es distinto nos gusta. Demasiado.

Todavía puedo sentir sus labios sobre los míos, y eso es realmente preocupante. No he besado a muchas chicas, pero sí a las suficientes para saber que el beso de Emma fue diferente. No encuentro en mi cabeza las palabras adecuadas para describirlo, solo puedo confirmar que ella es especial en muchos sentidos.

¿Y ahora qué?

Ahora viene el gran dilema: ¿echamos el freno o nos lanzamos sin saber si vamos a llegar al otro lado?

Si antes estaba jodido porque pensaba en ella más de la cuenta, ahora ya estoy totalmente perdido. Soy como un asteroide perdido en el universo. Y por eso voy con mucho cuidado.

No sé qué quiere Emma o qué piensa sobre mi atrevido beso de hace una semana. ¿Y si no le gustó? ¿Y si cree que me propasé? ¿Y si piensa que voy besando a todas las chicas del instituto por los pasillos? No me extrañaría que pensara eso porque me vio con Lola en las carreras. Yo quizá también sacaría ese tipo de conclusión.

Mi cabeza me dice que me siente a hablar con ella. Es lo más fácil para salir de dudas, pero me da la impresión de que Emma está un poco descolocada.

Estos días nos hemos ido buscando con la mirada, pero apenas hemos hablado. Es verdad que el ritmo del instituto ya nos tiene a todos atrapados y que estamos hasta arriba de lecturas y trabajos. Sé que en tercero de la ESO es así, y en Bachillerato ya ni te cuento. La verdad es que me ha sorprendido cómo nos están apretando, pero al mismo tiempo me siento con ganas de superar este curso con las mismas notas que los anteriores. Todo un reto que estimula mi mente.

Al final le escribí por Instagram porque las ganas me han podido más que la prudencia.

> **Me gustaría conocerte.**
> **¿Qué me dices?** **K**

Escribí y borré mis palabras varias veces hasta que me quedé con esa frase. Creo que se entiende que quiero seguir conociéndola, pero sin presiones, ni para ella ni para mí. Y me parece que también se entrevé que me gusta, que creo que es una chica interesante y que el beso no fue solo un simple beso. Pero Emma no me ha respondido. Y me ha dejado en visto.

Vale, entiendo que quizá necesita pensarlo…, pero ¿tanto? Ya han pasado dos días y no ha habido respuesta. Y yo parezco un *miérder* abriendo Instagram a cada momento. Por eso mismo acabo de ser tan directo con ella: necesito una respuesta. Si es que no, lo entenderé; me joderá, pero lo entenderé.

—Tete, ¿qué ha sido eso? —me pregunta Iván con las cejas alzadas hasta el cielo.

—¿Kaiden? —dice seguidamente Aarón al ver que no respondo.

Y es que ellos no saben nada del beso ni de lo pillado que estoy por esta chica.

—Si os lo digo, no sale de aquí.

—Joder, Kaiden, ya sabes que no diremos nada —se queja Aarón con razón.

Pero es que no quiero joderla con Emma, y me da que no es de las que les gusta que vayan hablando de sus intimidades con todo el mundo. Aunque estoy seguro de que Beatriz lo sabe...

—El día que regresamos del camping...

—¿Sí? —pregunta Iván con el rostro demasiado cerca del mío.

Me río y él se echa hacia atrás riéndose también.

—Mi madre me ha pegado esa puta costumbre. Y mira que le digo: «Mamá, ¿vas a explicarme algo o a analizarme la piel?».

Nos reímos los tres, y cuando nos calmamos sigo con mi explicación.

—Pues ese día besé a Emma.

—¿Qué dices? —dice Aarón un poco alucinado.

—¿Dónde? ¿Cómo? —me interroga Iván.

—Cuando salió de clase, la llevé hacia las escaleras exteriores y nos besamos.

—¿Te devolvió el beso? —pregunta Iván con interés.

Asiento sonriendo. Sabía que me lo preguntarían todo. Los conozco bien. Y es que entre nosotros siempre vamos al detalle.

—¿Y después? —sigue Iván.

—Se fue a su casa y yo a la mía. Y no ha pasado nada más.

—¿Nada? —insinúa Aarón.

—Le escribí por Instagram y le dije que quería seguir conociéndola. Le pregunté qué le parecía y me ha dejado en visto.

Ambos ponen cara de sorprendidos.

—No jodas.

—¿En serio?

—Buah, eso es una táctica —dice Iván convencido.

—¿Una táctica de qué? —le pregunto sin entenderlo.

—Pues de las chicas —responde rotundo como si tuviéramos que saber de qué carajo habla—. A ver, tete, Emma finge que no le gustas y no te responde para que tú pierdas el culo por ella.

—Pues yo a eso lo llamo *ghosting* —le replica Aarón.

—Qué va, qué va.

—No le ha respondido.

Los miro a los dos como si estuviera en un partido de tenis.

—Por lo que yo te digo: se está haciendo la interesante.

—O porque no le interesa.

—Bueno, tíos, que solo han pasado dos días y Emma tiene derecho a pensarse la respuesta —les digo con seguridad.

Y así lo pienso.

No soy de esas personas que necesitan una respuesta inmediata (normalmente), aunque debo reconocer que Emma me tiene en ascuas. Pero es porque me gusta demasiado. Pero no soy de los que se ponen nerviosos cuando alguien los deja en visto ni tampoco pienso que me estén haciendo el vacío. La gente suele contestar cuando puede o cuando quiere. Y me parece bien.

Mi madre por ejemplo no sabe leer un mensaje de WhatsApp y no contestarlo. Dice que es de mala educación, pero yo no lo veo así. ¿Y si esa persona lo ha leído, pero justo en ese momento tiene, por ejemplo, una reunión? ¿O un apretón? Mi madre se ríe cuando le digo eso, pero no hay manera de que entienda que no está obligada a responder de inmediato.

—Vale, bro, tienes razón —acaba diciendo Aarón mientras Iván afirma con la cabeza.

Justo en ese momento Emma pasa por el otro lado del patio y nuestros ojos se cruzan de nuevo. Dudo que me ignore, quizá lo que ocurre es que no lo tiene claro. Algo que entiendo bien, porque ni yo mismo sé lo que quiero con ella. ¿Conocerla? ¿En qué sentido? ¿Como amigos? ¿Como algo más? ¿En serio?

Buf.

—Tampoco creo que esté jugando a nada, Iván. Además, Emma salió con un tipo bastante idiota que la atosigaba. Lo dejó antes de este verano, pero parece que él no se da por enterado —le explico por encima.

—Vaya... —dice Aarón.

—¿Te lo ha contado ella?

—Algo. Resulta que el tío ese amenazó a Diego por comentarle una foto de Instagram. Cuando se lo dijo a Emma, yo estaba delante.

—Joder, bro, no cuentas nada —se queja Iván.

—No soy un chismoso. Tampoco cuento vuestros secretos por ahí.

—Ni nosotros —dice Iván.

Los tres nos sonreímos con complicidad. Sabemos que podemos confiar los unos en los otros.

—Entonces puede darse el caso de que Emma pase de los tíos —concluye Aarón.

—Puede —le digo yo observándola a lo lejos.

Sería una lástima, pero no voy a obligarla a nada. Nunca lo haría.

En ese momento veo que Diego se cruza con ellas y que se saludan demasiado rápido. ¿Qué pasa ahí? Dudo que Diego sepa lo del beso, ¿entonces? ¿Se sentirá mal Emma? ¿Tal vez le gusta más de la cuenta?

Odio cuando mi cabeza se pone en plan «mil preguntas que te quieren joder».

—Bueno, pues entonces es cuestión de esperar, ¿no? Como yo con Beatriz —suelta Aarón con tranquilidad.

Es verdad que está teniendo más paciencia que un santo con ella, pero es que cree en el refrán ese que dice que «el que la sigue la consigue». Así que Iván y yo estamos sentados con nuestras palomitas viendo cómo se las apaña nuestro amigo para conquistar a Beatriz.

Yo creo que a ella también le gusta y que se está resistiendo no sé por qué razón. Aarón es un buen tío, listo y divertido. Además, hasta yo veo que es guapete. Hay muchas chicas del instituto y de otras partes que van tras ese pelo rubio y rizado, pero él solo tiene ojos para la de la trenza.

—Pues sí, Aarón, a esperar —le digo cruzándome de brazos como él.

Iván nos mira y hace el mismo gesto.

—Ah, pues me apunto a la espera.

—¿De Shula? —le pregunto sonriendo.

—Eh…, ya veremos —responde riendo.

Sabemos que le gusta esa chica, pero Iván sí que está realmente escamado. Hasta hace unas semanas tenía claro que no se iba a liar con nadie, y menos en serio. Pero a veces las cosas no van como uno quiere, y aparece una chica salida de la nada que te llama demasiado la atención.

De repente noto un brazo alrededor de mi cuello y me vuelvo asombrado hasta que me doy cuenta de que esas uñas rojas son de Lola.

—Eh, ¿qué tal?

—Nosotros bien, ¿y tú? —le dice Aarón con simpatía.

Yo intento quitarme ese brazo de encima, pero Lola no se rinde con tanta facilidad. Pienso en Emma y en que puede estar mirándonos. No quiero que piense lo que no es, aunque realmente no estemos haciendo nada malo.

Pero Lola me besó.

Y delante de ella.

No sé.

Me deshago de su brazo con un gesto raro y ella me mira sonriendo.

—¿Te doy calor? —me pregunta coqueta.

Me gusta su positividad, es una chica que siempre ve el vaso medio lleno, pero no sé cómo decirle que necesito que deje de sobarme de esa manera.

—Hace calor —comenta Iván para echarme un cable—. ¿Y si vamos a La Cantina a por algo?

—Buena idea, estoy seco —añade Aarón—. Venga.

—Eh, sí. Hasta luego, Lola —le digo viendo la decepción en sus ojos.

Mis amigos me han sacado de esta situación, pero voy a tener que hablar con ella. Me jode hacerle daño, porque me cae bien y es buena persona. Solo que le gusta el chico equivocado.

—¡Eh! Esta tarde me apunto a lo del centro canino, que nos han suspendido la clase de piano.

Los tres la miramos sorprendidos.

—Eh..., vale —le digo yo, viendo que Iván y Aarón se han quedado mudos.

¿Qué le vamos a decir? ¿«Nooo, Lola, mejor no vengas»?

Joder.

CAPÍTULO 3
Emma

Acabamos de cruzarnos con Diego y está claro que pasa mucho de mí. Casi ni nos ha saludado, y, cuando ha estado lo suficientemente lejos para que no nos oiga, Beatriz ha incidido en ello.

—Diego está un poco raro...

—¿Un poco? Yo diría que bastante.

—¿Verdad? Pensaba que era cosa mía.

—Desde que regresamos del camping está así: serio y antipático.

Ambas lo observamos charlar con dos chicas de nuestra clase. Está riendo con ganas.

—Pero por lo visto solo con nosotras —dice Beatriz deshaciéndose la trenza mientras andamos.

O solo conmigo.

No lo sé.

No entiendo qué mosca le ha picado. Es verdad que en el autobús nos cambiamos de asiento para no estar cerca de él por el tema de Mar, pero hemos pasado de las risas a casi no hablarnos. Bueno, casi no. Que no me habla para nada. Y no creo que sea para tanto. Es más, él debería entender que no quiero estar en medio de su historia con Mar. Ya tuve bastante con lo de los hielos.

Podría hablar con él, lo he pensado, pero me da vergüenza. Tendría que explicarle que el año pasado un par de chicas consiguieron que dejara de hacer una de las cosas que más me gustan porque me acosaban continuamente. Y que no quiero vivir el mismo episodio con Mar. El mismo o peor, porque Mar parece mucho más atrevida que aquellas dos.

—Mírala qué presumida...

Beatriz se está peinando el pelazo con los dedos antes de volverse a hacer la trenza, pero por lo visto eso es ser presumida. O lo es para las amigas de Daniela, que han levantado la cabeza para mirarnos cuando pasamos por su lado.

—Las ganas vuestras de tener ese pelo —dice Daniela sin cortarse nada.

—Bueno, tampoco es para tanto —suelta Mar en un tono aburrido.

Seguimos andando y dejamos de oírlas.

—Sin comentarios —dice Beatriz poniendo los ojos en blanco.

—Siempre estamos igual.

—Ya, siempre criticándonos entre nosotras.

—No saben lo que es la sororidad...

—Uy, yo tampoco. ¿Y esa palabra? —Beatriz me mira con interés.

—Pues la aprendí el año pasado con Noa. «Sororidad» se refiere a la solidaridad entre las mujeres, a apoyarnos y esas cosas.

—Vaya, creo que Noa me va a caer bien.

—Estoy segura. Tengo mil ganas de verla.

Este fin de semana va a ser el Fin de Semana, ¡bravo! La echo mucho de menos a pesar de tener a mi lado a Beatriz. Son muchos años de amistad, y esta separación nos ha fastidiado mucho a las dos.

Antes de girar la esquina del patio busco a Kaiden. Ya es algo que hago sin pensar, como si fuese una necesidad física, como comer o dormir. Y creo que a él le pasa algo similar porque nuestros ojos se cruzan en demasiadas ocasiones.

¡Ay, madre! Es que tiene una mirada que me derrito.

—¡Ey, Emma! —Alguien me llama, y me doy la vuelta.

—Manu, ¿qué tal?

—¿Preparada para las pruebas de esta tarde? —me pregunta, apoyado en una columna.

Siempre tiene esa pose de modelo, pero le sale tan natural que entiendo por qué tantas chicas de nuestro curso pierden el culo por él. Y es guapillo, eso también.

—Me he pasado el fin de semana corriendo —le miento.

—No te creo.

—No la creas —comenta Beatriz.

Manu la mira con interés y le indica con el dedo que se acerque a él.

—¿Qué?

—Quiero ver si ese pelo es real —dice achinando los ojos.

Beatriz y yo nos miramos y nos echamos a reír.

—¿Para qué? ¿Vas a cortarme la trenza para hacerte una peluca? —le vacila mi amiga.

Él se pasa la mano por los mechones que le caen por la frente y sonríe.

—No la necesito, listas —nos dice ampliando su sonrisa.

—Bro...

Ambas nos volvemos hacia Denis, uno de los amigos de Manu.

—Eh...

Se saludan con un golpe en el hombro y nos miran demasiado.

—¿Qué? —le digo yo incómoda.

—Eh, nada —dice Manu de forma extraña.

Y entonces me fijo en que a quien mira Denis realmente es a Beatriz.

—Esto... ¿Hacéis algo mañana? —me pregunta Manu en un tono algo más flojo.

Lo miro sorprendida.

—¿Deberes? —le respondo con ironía.

Ambos se echan a reír.

—Vale, sí. ¿Y luego? —insiste Manu.

—Entre semana no se sale a no ser que tengamos que ir a la biblioteca o algo por el estilo —contesta Beatriz.

—Ya, pues vamos a la biblioteca —nos propone Manu.

Nosotras nos miramos sin entender nada.

—Mañana estaremos en el garaje de mi casa con el grupo —suelta Denis fijando la vista solo en Beatriz.

—Ah, qué bien —dice ella.

—No sabía que tenías un grupo —comento yo.

—Son bastante buenos —me informa Manu.

—Yo toco la guitarra eléctrica, ¿queréis venir?

Miro a Beatriz un poco asombrada. ¿Ir al garaje de un desconocido con más desconocidos? No me convence la idea...

—Kaiden —dice de pronto Manu.

Me vuelvo y ahí está Kaiden con sus dos amigos. Parece que se han cansado de estar sentados en el banco.

—Manu —lo saluda.

Nuestras miradas se enredan una vez más, pero aparto la vista antes de que Manu se dé cuenta. Creo que es demasiado listo como para no ver cómo lo miro.

—Pasado mañana tenemos partidillo —le dice Manu señalándolo.

—Allí estaremos —contesta Kaiden con una sonrisa.

De repente Aarón se coloca al lado de Beatriz, muy cerca.

—¿Vais a ir a vernos? Jugamos contra los del club de atletismo y los vamos a apalizar.

Mi amiga lo contempla sin saber qué responder y yo me doy cuenta de que Denis la mira a ella con intensidad.

Uy, uy.

—Perdona, Aarón, pero eso no va a pasar ni en sueños —comenta Manu en un tono simpático.

Aarón los observa a ambos y suelta una risilla.

—¿Bea? —le preguntan al mismo tiempo Aarón y Denis.

Kaiden y yo nos miramos divertidos.

—No sé si iremos —les digo yo ante el mutismo de Beatriz.

Eso de que se quede callada es bien raro, pero alguien tiene que hablar por nosotras.

—Y, si vamos, ya nos veremos allí —les digo a todos en general—. No necesitamos escolta —bromeo.

Todos asienten con la cabeza, aunque veo que Kaiden se aguanta la sonrisa. Alzo las cejas a modo de pregunta y él me guiña un ojo.

Dios, podría desmayarme.

Que parezco lela, lo sé, pero es que este chico me gusta demasiado. Algo fuera de lo normal. Algo preocupante que no he sentido antes por nadie.

Beatriz me da un leve codazo.

—Bueno, pues eso —digo dando un paso atrás.

—Sí, eso. Si decidimos ir, ya nos veremos —añade mi amiga, a la que por fin le funcionan las cuerdas vocales.

—Y, si podéis, os esperamos en mi garaje. Ya sabes dónde vivo —dice Denis mirando solo a Beatriz.

Está claro que yo no existo. Me río en mi cabeza. Este tío está pillado por mi amiga y yo no sabía nada de esto. ¿Lo sabe ella?

Nos vamos de allí sintiendo las miradas de los cinco chicos. Cruzamos la puerta para entrar en el instituto y las dos respiramos con más tranquilidad.

—Joder, qué intensos son a veces —se queja Beatriz—. No podemos ni charlar tranquilas...

—A mí me parecen todos muy monos. Sobre todo Denis. No sabía nada de eso...

—¿De qué?

La miro directamente para ver si me está vacilando o qué.

—De que está pillado por una tía con un pelazo que te mueres.

Beatriz frena el paso y me mira arrugando toda su frente, en plan «¿qué coño estás diciendo?».

—¿De qué hablas, Emma?

—De que Denis quiere algo contigo.

—Pero vamos…, lo que me faltaba por oír —dice con una sonora carcajada—. Ese es el chico que le mola a Sandra, mi compañera de Alemán… —comenta entonces en un tono mucho más bajo mirando hacia los lados por si alguien nos está escuchando.

—Lo sé, pero parece que él tiene otro objetivo ahora mismo.

Me observa pensativa y niega con la cabeza.

—Me la suda. A mí ese chico no me gusta.

—Ya, a ti te gusta otro.

—Además, nunca le haría eso a una compañera.

Asiento sonriendo. Estoy totalmente de acuerdo. No he entendido jamás a esas chicas que dicen que son tus amigas y que después te la clavan por la espalda liándose con tu pareja, tu novio o con el que simplemente te gusta.

Si no respetas a tu propia amiga…, eso dice muy poco de ti.

CAPÍTULO 4
Kaiden

—¿Se puede saber qué coño ha sido eso? —pregunta un Aarón exaltado después de seguir nuestro camino hacia La Cantina del instituto.

—Tete, es verdad. Denis no le quitaba la vista de encima. Pero ¿no estaba medio liado con Carla? —pregunta Iván alzando los hombros.

—El año pasado hubo algo, pero creo que no pasó nada serio —le respondo.

Literal que se estaba comiendo con los ojos a Beatriz. Como si de repente la hubiera conocido y no pudiera dejar de mirarla. Lo cierto es que al chaval se le ha notado bastante...

—Joder, ¿le molará a Beatriz? —pregunta Aarón muy preocupado.

—Bueno, yo no he visto nada, pero nunca se sabe —dice Iván.

—Pues se ha acabado lo de esperar —nos dice Aarón muy decidido.

—Bien dicho —lo anima Iván.

—¿Y qué vas a hacer?

—Aprovechar cada momento como si fuese el último. Esta tarde tenemos que cambiar las parejas, como sea —me ruega mirándome fijamente.

—Yo me encargo de eso —suelta Iván resolutivo—. Cambiaremos las parejas en un visto y no visto. Ya verás.

Aarón y yo le sonreímos, pero entonces me acuerdo de Lola.

—Joder, ¿y Lola?

No puede ir con Iván porque entonces le fastidiará el plan de conocer mejor a Shula, y tampoco quiero que vaya conmigo porque no me veo paseando el perro con Emma y Lola juntas, pero Aarón debe de estar pensando que él tampoco quiere que vaya con Beatriz y con él, así que ambos miramos a Iván con cara de corderos degollados. Eso siempre funciona.

—Vale, vale, Lola conmigo. Pero me debéis una.

—Una no, un millón —le digo.

Muevo incrédulo la cabeza porque parece que los tres estemos protagonizando una serie de esas que ve mi madre al mediodía. Por eso mismo yo estaba muy bien sin líos; sé perfectamente que, por una razón u otra, en estos casos las estrategias y los planes tácticos acaban saliendo mal. De momento debería avisar a Emma de que Lola se ha apuntado al plan de esta tarde, pero no sé cómo hacerlo.

En ese momento la veo subir las escaleras con Beatriz y voy tras ella sin decirles nada a mis amigos.

—¿Tú habías visto correr a Kaiden alguna vez por una tía? —oigo decir a Iván justo cuando me alejo.

Sonrío por el comentario. Y es que tienen razón. Pero quiero hacer las cosas bien o, al menos, mejor. Emma necesita saber lo de Lola.

—Emma...

Se gira hacia mí asustada.

—Kaiden... Tengo que ir a clase —me dice señalando su aula.

Sus compañeros pasan por nuestro lado mirándonos más de la cuenta. ¿Por qué nos gusta tanto el chisme?

—Lola quiere venir esta tarde al centro. No he sabido decirle que no.

Abre los ojos unos segundos y se recompone con rapidez.

—Vale.

—Solo espero que sea algo excepcional.

Ella asiente sonriendo con timidez.

Dios..., podría caerme de rodillas y pedirle que me deje ser..., no sé, ¿su novio para siempre?

Estoy muy mal.

—Yo también lo espero —me dice en contraste con esa tímida sonrisa—. Nos vemos.

—Me muero de ganas —le digo en un tono más ronco.

Da un par de pasos hacia su aula y se vuelve de nuevo. Comprueba que sigo clavado en el mismo sitio mirándola embobado.

—Por cierto, ya te he respondido.

Entra en la clase y a mí me cuesta reaccionar un par de segundos de más.

¡Espabila, Kaiden!

Me voy escaleras abajo mientras abro Instagram con cierto acojone. ¿Y si me ha dicho que no?

> **¿Y si no te gusta lo que descubres?**
> E

Sonrío porque está claro que no me ha respondido ni que sí ni que no, más bien es una respuesta ambigua que puede esconder cierto miedo a tropezar de nuevo.

> **¿Y si no te gusta a ti?**
> **De eso se trata: de conocernos.**
> K

Guardo el móvil en la taquilla antes de entrar en clase y me siento al lado de Aarón. Está serio y preocupado; imagino que es por Beatriz. Le doy un codazo e intenta sonreír, pero no le sale. No quiero decirle que no se coma la cabeza, porque lo hará igualmente. Nuestro amigo está muy pillado por la de la trenza y sabe que Denis es majo, es mayor y tiene una buena moto. Pero dudo que Beatriz se deje impresionar por ese tipo de cosas superficiales.

—Que a Denis le guste no quiere decir que sea recíproco —le murmuro mientras entra la de Inglés.

—Ya, pero a veces no lo sabes y te gusta alguien.

Sonrío porque eso fue exactamente lo que le pasó con Beatriz. Le costó reconocerlo, pero al final resultó demasiado evidente, incluso para él.

—Creo que ellas son más listas que nosotros.

Aarón me mira y ahora sí sonríe.

—En eso te doy toda la razón —me dice más alegre.

—«Señor Kaiden, ¿se puede saber qué susurran tanto?» —me pregunta miss Clarke en su perfecto inglés.

—«Le comentaba a Aarón que las chicas son más listas que nosotros».

Un par de compañeros silban por lo bajini y algunas compañeras sueltan una risilla satisfecha. La profesora me mira fijamente y veo un brillo raro en sus ojos. No sé por dónde va a salir porque es capaz de darme el Premio Nobel por lo que he dicho y también es capaz de sacarme de clase y mandar a mis padres una notita a través de la aplicación que el instituto usa para comunicarse con nuestros padres.

—«Me encanta, Kaiden. Vamos a dividir la clase en dos partes y vamos a debatir sobre este tema».

La clase entera se alegra de cambiar de dinámica. Estudiar siempre es lo mismo: escuchar, tomar apuntes, estar calladito, pero parece que este año miss Clarke está dispuesta a sorprendernos continuamente.

—«Chicos, en inglés» —nos avisa al oírnos hablar entre nosotros.

—*Yes, yes...*

—*Of course...*

—*What do you say...?*

Estamos tan entusiasmados por hacer algo distinto que todos estamos dispuestos a hacer el esfuerzo de pensar y de hablar en inglés.

Al final resulta que la clase acaba siendo un éxito y que nuestra *teacher* ha subido algunos escalones en el ranking de profes más enrollados.

Una vez en casa pienso en lo intensito que ha sido el día: Emma, Beatriz, Aarón, Lola, la clase de Inglés... Algunos días parecen todos iguales, y en cambio hay otros que vives demasiadas movidas. Y aún me espera la tarde en el centro canino con Emma y Lola. No quiero que Lola se dé cuenta de lo mucho que me gusta Emma porque..., porque no quiero más gente de por medio.

—Kaiden, ¿has recogido la ropa? —me pregunta mi padre con mala hostia.

Lo miro asombrado. No sé de qué me habla.

—¿La ropa?

—Esta mañana has dejado un par de piezas en el baño y te he dicho antes de irme que las llevaras al lavadero.

—No te he oído —le digo sereno porque es la verdad.

—¿Que no me has oído? ¡¿Tú te crees que soy imbécil?! —me grita.

Lo miro frunciendo el ceño. ¿Qué hostias le pasa a este hombre? De repente está normal y de repente parece un puto monstruo. Cada día lo soporto menos. Pero no me encaro porque sé que lo provocaría más. Simplemente le digo que es verdad que no lo he oído y entonces veo que levanta el puño en dirección a mi cara.

¿En serio?

Me aparto con rapidez. ¿De qué va? ¿Quién se cree que es para intentar darme un puñetazo? Está mal de la cabeza. Realmente mal.

—Te digo en serio que no te he oído —le digo con rabia.

Rabia porque es así. Rabia porque siento que solo se quiere a sí mismo. Rabia porque cree que tiene algún derecho a tratarme mal solo por ser mi padre. ¡Ja! La palabra padre le va demasiado grande. Un verdadero padre no hace eso.

No y mil veces no.

—A mí no me hables así.

—Pues a mí no me levantes la mano —le replico con gravedad.

Me mira con desprecio y da un paso atrás.

—Eres un desgraciado —me dice antes de irse.

Observo su espalda y siento el corazón en mi sien. Me apoyo en la pared y miro el techo blanco. ¿Por qué no puede ser un padre normal? No pido que sea muy cariñoso, ni muy simpático, ni muy divertido. Solo que no me trate así y que sea... ¿normal?

CAPÍTULO 5
Emma

El plan de ir al centro canino me gusta, pero que esté Lola por ahí no tanto. No la conozco, aunque con todo lo que ha pasado con Kaiden puedo imaginar que a ella le mola y que va a intentar estar a su lado en todo momento.

¿Quizá no debería ir?

Beatriz me ha respondido que ni se me ocurra, que no debo dejar de hacer algo que me gusta por situaciones como esta. Y tiene toda la razón del mundo, lo sé, pero ahora mismo me da un poco de pereza.

—¿Todo bien, hermanita?

Mi hermano está apoyado en la encimera de la cocina con un café en la mano, mirándome algo preocupado. Supongo que ha visto mi ceño fruncido, y como me conoce a la perfección...

—Sí, sí, pensaba en el examen de la semana que viene.

No quiero preocuparlo con tonterías mías.

—¿Y cómo lo llevas? ¿Te echo una mano?

—Creo que de momento bien.

—¿Ves mucha diferencia con tu otro instituto?

—No, la verdad es que no.

—Genial, pero si necesitas algo ya sabes.

—Sí, gracias.

Le sonrío encantada. Me gusta que siempre pueda contar con él, que quiera cuidarme y protegerme. No es como mi madre; él siempre me deja espacio, siempre deja que primero lo solucione yo. Está ahí por si lo necesito, pero no tiene problema en verme caer antes de darme la mano. En cambio, mi madre siempre se ha adelantado a mis caídas, y eso es un poco agobiante a según qué edad.

Recuerdo cuando aprendí a montar en bicicleta: no me caí ni una sola vez porque ella siempre estaba a mi lado para procurar que mis rodillas no tocaran el suelo. Más adelante me di cuenta de que todos mis amigos se habían caído como mínimo una vez mientras aprendían a montar en bicicleta. Algunos incluso presumían de las heridas que les habían quedado en las piernas o en las rodillas como si fueran trofeos. Yo nunca tuve ese tipo de marcas, nunca. No recuerdo tener arañazos, heridas superficiales o golpes fuertes en mi cuerpo. A lo sumo algún leve moretón que desaparecía en un par de días.

—¿Vas a ver a los perrillos?

Me vuelvo al oír a mi madre y por un segundo pienso que no me va a dejar ir porque es verdad que el día está demasiado nublado. Podría llover...

—Sí, en nada viene Beatriz.

—Si llueve mucho, me llamas. Id con cuidado.

Entra en la cocina y se prepara un café con tranquilidad. Yo la miro bastante sorprendida: ¿ya está?

—Lo haré, mamá. Hasta luego.

Me voy pensando en lo que ha cambiado mi madre. Unos meses atrás me hubiera prohibido salir con este cielo que tenemos hoy. Y menos en bicicleta, vamos. Hasta yo dudo de que no nos mojemos. Pero solo es agua, es lo que siempre he intentado decirle: solo agua. Claro que voy a ser más cauta y voy a correr menos, pero quiero ir porque tampoco es peligroso.

Cuando salgo a la calle, ya están todos ahí, incluso Lola. Los saludo con rapidez y nos vamos hacia el centro. Yo cierro la cola y veo que Lola se coloca al lado de Kaiden para comentarle algo. Él asiente con la cabeza y ella sigue a su lado mirándolo de vez en cuando con una gran sonrisa. Menuda tarde me espera... Es que Kaiden y yo tampoco estamos juntos ni nada, solo nos estamos conociendo. Los dos lo hemos dejado bien claro, y eso sí me ha gustado de él. No es de los que te prometen una relación perfecta o algo parecido. El primer paso es conocernos porque está claro que hay una atracción física desde el primer día, al menos por mi parte, pero también es verdad que yo ha he aprendido la lección con Roberto: un chico puede estar muy bueno y ser un tóxico. Y no quiero vivir eso de nuevo. Roberto todavía me está intentando comer la cabeza para que vuelva con él, algo que no va a pasar en la vida.

> **R** Un día de estos iré a verte. ¿Dónde podemos quedar?

No quiero quedar, Roberto.
Ya te lo dije.

No te creo.

Es la verdad. Tú y yo ya
no estamos juntos.

Pero yo quiero que
lo estemos.

Pero yo no.

¿Ya estás con otro?
¿Así de rápido?

No estoy con nadie.

¿Es ese tipo? ¿Diego?

Madre mía, Roberto. Deja a
mis amigos en paz. Si amenazas a
alguien más, te bloquearé.

Si haces eso, enseñaré esa
foto tuya a todo el mundo.

¿Qué foto?

> **R** La de tus pechos.

> **E** ¿¿¿Perdona??? No tienes ninguna foto, obvio.

> **R** Tú misma.

> **E** Estás loco, tío.

Beatriz cree que solo quiere llamar la atención, pero yo lo conozco demasiado bien: es capaz de inventarse cualquier cosa para salirse con la suya. Ya lo hacía cuando estábamos juntos.

—Estás muy pensativa —me dice Kaiden sujetando mi bicicleta para que no acabe en el suelo.

Ya hemos llegado y yo sigo dándole vueltas a mis problemas.

Veo que Lola nos observa con curiosidad y niego con la cabeza sin decir nada más. Kaiden va a añadir algo, pero aparece Pedro junto a Shula y nos saludan con mucho entusiasmo.

—¡Chicos! ¿Una voluntaria más? Qué bien.

Lola se presenta con desparpajo y yo observo la bonita melena que tiene. Es una chica muy guapa, sin duda. Hace buena pareja con Kaiden, porque él también es de esos guapos que atraen las miradas de todo el mundo. Se coloca a mi lado y me roza los dedos con los suyos. ¿Ha sido sin querer? Lo miro y me sonríe antes de guiñarme un ojo.

Seguimos a Pedro hacia el centro mientras contesta las preguntas de Lola, las que solemos hacer todos cuando llegamos el primer día: «¿Hay muchos perros? ¿Cómo puede ser que la gente abandone a tantos perrillos?»...

—¿Y hay muchos perros enfermos? —sigue preguntando Lola.

—No muchos, pero algunos necesitan alguna cura y otros tomar medicación. A veces, sudamos para que se tomen una simple pastilla.

—Los entiendo, existen medicamentos que son asquerosos —comenta Lola haciéndonos reír a todos.

Guapa y divertida.

Aysss.

—Pues, si puede ser, a mí me gustaría ayudarte con eso.

Todos la miramos asombrados.

—¿De veras? —pregunta Pedro.

—Sí, creo que es algo que se me da bien. Es que tengo una tía que es veterinaria en el pueblo de mi madre y desde bien pequeña la he ayudado...

—Vaya, me parece perfecto —dice Pedro sonriendo.

—Entonces ¿no vas a venir a pasear a los perros? —le pregunta Beatriz igual de extrañada que yo, porque es una buena oportunidad para estar con Kaiden...

—Prefiero ayudar así —responde Lola mirando solo a Kaiden.

Vale, no va a pasear con Kaiden, pero creo que acaba de ganarse varios puntos. Esa actitud dice mucho de ella.

Vale, pues guapa, divertida y generosa. La lista va en aumento.

—Kaiden, ¿sacáis a Thor hoy? Creo que te echa de menos —le dice Pedro—. ¿Quién más se apunta?

Beatriz me mira a los ojos y nos entendemos sin decir nada.

—Yo me voy contigo, Kaiden —responde colocándose a su lado.

—Eh…, esto… —Kaiden parece que quiere decir algo, pero Pedro lo interrumpe sin querer.

—Vosotros podéis sacar a uno que llegó nuevo ayer mismo, está muy asustado, pero es muy cariñoso. Se llama Terry.

Lola me mira y yo hago ver que no me doy cuenta. Me coloco junto a Aarón e Iván.

—Iván, ¿quieres ayudarme con la limpieza? —le pregunta Shula sonriendo.

—Sí, claro.

—Pues nosotros vamos a por Terry —me dice Aarón.

Cuando me cruzo con Kaiden nos miramos fijamente y nos sonreímos. Parecemos un par de críos o más bien dos personas que andan por una cuerda floja, no sé bien. Yo tengo miedo de caer de bruces de nuevo y él parece que no sabe muy bien qué es lo que quiere. O eso me parece a mí.

—Te mola —suelta Aarón de repente.

Busco sus ojos para ver si hablamos de lo mismo.

—¿Vas a ir corriendo a decírselo? —le replico bromeando.

—Qué graciosa —dice riendo.

—A ti también te mola —le digo entonces refiriéndome a mi amiga.

—¿Kaiden? —pregunta riendo.

Le doy un leve empujón y él se ríe más.

—Chicos, este es Terry.

Un perro de color canela, más bien pequeño y muy bonito, nos mira sin fiarse mucho de nosotros. Aarón alza la mano para acariciarlo y él se echa hacia atrás.

—Dejad primero que os huela. Creemos que su dueño le pegaba.

—Joder... —murmura Aarón.

A mí se me pone el vello de punta. ¿Cómo pueden hacer daño a estos animalillos? Se supone que quieres mucho a tus mascotas... No lo entiendo.

Ambos estiramos la mano hacia Terry y él se acerca con tiento. Por lo que sea, primero me huele a mí y me río porque me hace cosquillas. Da un paso atrás y me mira con curiosidad. ¿Quizá lo he asustado? Se acerca de nuevo y me lame.

—Bien, Terry. Emma y Aarón van a llevarte a dar un paseo.

Mueve la cola despacio mientras ahora huele a Aarón. Seguidamente, coloca la cabeza bajo su mano y él también suelta una risilla, algo que a Terry le gusta porque se queda con él sin problema.

—Uau, son increíbles —dice Aarón—. ¿Vamos?

Terry se pone entre los dos y nos lo llevamos de paseo como si nos conociera de toda la vida.

—Por cierto, Emma...

—Dime.

—Sí me mola. Mucho.

Veo en sus ojos un brillo especial y me agrada lo que veo. Beatriz le gusta de verdad, no es un simple capricho.

—Vale, no se lo diré.

—Creo que ya lo sabe —comenta resignado y haciendo una mueca que provoca mis risas de nuevo.

Me gusta Aarón para mi amiga, pero no voy a entrometerme..., aunque podría decirle que es un encanto de chico, ¿no?

CAPÍTULO 6
Kaiden

He intentado hacer un cambio de parejas de última hora, pero al final no he dicho nada porque he pensado que era mejor no forzar las cosas. Si Beatriz ha insistido en pasear conmigo tal vez sea porque es lo que realmente quiere Emma.

Lola ha decidido quedarse con Pedro para ayudar a los animales que necesitan atenciones médicas y me ha dejado muy asombrado. Primero, porque no sabía que tenía ese tipo de conocimientos, supongo que no hemos hablado tanto como para saberlo. Y, segundo, porque estaba seguro de que aprovecharía el momento para acercarse a mí un poco más. Pero no, por lo visto tengo el ego demasiado arriba, porque Lola ha preferido ayudar de verdad, algo que me ha confirmado que es una tía muy maja, que no es solo una cara bonita y que no ha venido aquí a ligar conmigo.

Cuando se ha ido con Pedro, hemos cruzado una breve mirada, la mía de orgullo por tenerla como amiga y la de ella con un brillo especial, como de emoción. Tengo ganas de que me explique la experiencia. Me acuerdo bien de cuando conseguí que Thor se tomara aquel medicamento, es una sensación muy gratificante. Imagino que Lola tendrá mil cosas que explicarnos.

Mi paseo con Beatriz empieza en silencio, ninguno de los dos dice demasiada cosa. Estamos centrados en Thor. Es un perro muy especial y ambos lo sabemos. Al principio se coloca detrás de nosotros y Beatriz lo mira de reojo. Yo le explico cómo lo paseamos la última vez y decidimos hacer lo mismo, así que ella empieza a hablar conmigo del instituto y yo le sigo el hilo. Así comenzamos una conversación más bien superficial, hasta que acabamos analizando en profundidad el sistema educativo como si fuésemos dos expertos en la materia. Parece que el tema educativo le encanta, me lo apunto para decírselo a Aarón. También le advertiré que a Beatriz no le van las charlas banales y superficiales, es una tía lista y le encanta profundizar en los temas. Es de ese tipo de chicas que asustan a algunos tíos: lista, curiosa e interesante. Pero no a Aarón, mi amigo también es parecido, así que perfecto.

A los diez minutos Thor se coloca entre los dos y nos miramos sonriendo.

—Para ser una niña de la ESO tienes las ideas muy claras —le digo después de una reflexión particularmente profunda.

Busca mis ojos con rapidez, para ver si bromeo o no.

—Estoy bromeando, Beatriz —le aclaro antes de que piense lo contrario.

—Qué capullo, por un momento he pensado que estaba con alguien del siglo pasado.

—Bueno, nuestros padres son del siglo pasado.

—Pues por eso mismo.

Nos reímos los dos porque es cierto que estamos muy lejos de pensar como nuestros progenitores. Los mayores tienen demasiadas preocupaciones y parece que han dejado de divertirse.

—¿Tus padres molan? —me pregunta más en serio.

La miro dudando qué contarle. ¿La verdad?

—Mi madre sí, pero mi padre es... complicado.

O más bien debería decir: mi padre no me quiere.

—¿Y los tuyos? —pregunto antes de que siga interrogándome.

Beatriz es muy guay, pero no quiero explicarle según qué.

—Sí, no puedo quejarme. Tenemos algunas broncas, pero lo normal. Mi madre siempre me dice que los padres que no riñen a sus hijos pasan de ellos. Siempre me dice lo mismo: «¿Quieres hacer lo que te dé la gana?».

Beatriz imita a su madre con una voz algo más aguda que nos hace reír a los dos.

—Y yo pienso: «Pues un rato no estaría mal» —sigue.

—Nada mal.

—Pero en el fondo sé que tiene razón, lo sé, pero a veces son muy pesados, ¿verdad?

—Sí, sí, a veces no hay quien los aguante. Cuando vienen de mal humor porque han tenido un día de mierda en el curro... —digo pensando en mi padre.

Beatriz me mira unos segundos de más, imagino que ha notado mi tono algo tosco, pero no dice nada al respecto. Y se lo agradezco.

—Sí, a mí me fastidia que por ser adultos crean que están por encima de ti. Esos padres que gritan a sus hijos, ¿y esos que les pegan? No se entiende.

No lo dice por mí, pero siento que me encojo. Tiene toda la razón del mundo, claro.

—No se entiende, no —digo intentando no mostrar más de mí.

Cuando llegamos al centro tras acabar el paseo, vemos a Lola y a Pedro charlando animadamente junto a Iván y Shula. En cuanto Lola me divisa, corre hacia mí y me da un abrazo inesperado.

—Dios, Kaiden, no sabes lo bonitos y agradecidos que son...

Sonrío por su entusiasmo.

—Te los llevarías a todos —comenta Beatriz.

—¿Tú también? —le pregunta Lola con complicidad.

Está feliz, se le nota en los ojos y en la forma de hablar. La Lola coqueta y sexy ha desaparecido para dar paso a una chica mucho más natural. Me gusta que sea así.

—Ya te digo —le replica Beatriz riendo.

Oímos unos ladridos a lo lejos y vemos que ya llegan Aarón y Emma, los dos sonriendo y con el pequeño perro jugando entre sus piernas. Mi amigo casi se cae y nos reímos todos, él incluido.

—Le ha cogido cariño a Aarón —dice Emma cuando llegan junto a nosotros.

—A Terry le encanta jugar —afirma Pedro acariciándolo.

Cuando llegamos, todos los perros siempre se van hacia él, saben quién es el que los cuida día a día.

—Es un buen perro y muy agradecido —comenta Aarón—. Da pena ver cómo se asusta cuando hacemos algún gesto con las manos... —Frunce el ceño y lo mira con pena.

—Poco a poco irá cogiendo confianza y quizá con el tiempo se olvide de que fue maltratado —dice Pedro.

Veo que Beatriz se mueve con sigilo y se coloca al lado de Aarón. Le acaricia el brazo en un gesto cariñoso y él le coge la mano.

Vaya...

Busco a Emma. Me está mirando. Sonríe por mi curiosidad y la observo intentándole decir que a mí también me gustaría poder coger su mano de ese modo, con esa espontaneidad. Pero no doy ningún paso. Sin haberlo hablado, Emma y yo hemos decidido ir despacio, sin prisas. Además, está Lola, y no quiero liarla, no es necesario.

Al poco nos despedimos de Pedro, y Shula coge su bicicleta para regresar con nosotros. Parecemos los protagonistas de una serie, todos en bici por la carretera en dirección a nuestras casas. Esta tarde tenemos entreno de fútbol, así que no nos podemos entretener mucho. Nos decimos adiós cuando toca y, al entrar en casa, me llega un mensaje de WhatsApp.

Aarón:
Creo que ya puedo morirme.

Iván:
Eres un flipado.

Kaiden:
Es una tía muy guay.

Aarón:
Tienes que contármelo todo.

Kaiden:
Tú también.

Aarón:
Buah, Emma es muy divertida.

Iván:
Shula también lo es.

Kaiden:
Joder, es verdad.
¿Cómo te ha ido con ella?

Iván:
De diez.

Kaiden:
Pero no quieres nada
con ella...

Iván:
Hum...

Aarón:

Si estás pillado, tete.

Iván:

Creo que ese eres tú.

Kaiden:

Creo que lo estamos
todos un poco...

Aarón:

Unos más que otros, jaja.

Iván:

Sí, que alguno ya se ha besado...

Kaiden:

Qué graciosos.

Iván:

Pero ¿qué es más: darse un beso
o darse la manita?

Aarón:

Capullo.

Kaiden:

Depende.

Iván:
Jaja. ¿De qué?

Kaiden:
Del tipo de beso.

Aarón:
Y también depende en qué
situación te dé la mano.

Kaiden:
Claro.

Iván:
Menudo par. Estáis repillados y punto.

Kaiden:
Oye, Shula hoy te miraba mucho, ¿no?

Iván:
¡¡¿En serio?!! ¿Tú crees?

Kaiden:
Sí, lo creo en serio.

Aarón:
Tete, tú también estás
enamorado.

Kaiden:

¿También? Uy, eso son palabras mayores.

Aarón:

Ya me entendéis.

Kaiden:

Jajaja.

Iván:

Sois dos capullos muy grandes.

Los tres subimos varios *stickers* soltando carcajadas y quedamos en vernos en media hora en el campo de fútbol. Dejo el móvil a un lado con una sonrisa en la cara.

Son los mejores amigos que podría tener.

CAPÍTULO 7
Emma

*B*eatriz y yo hemos quedado en que, después del entreno de atletismo, nos llamaremos para comentar nuestros respectivos paseos con Kaiden y Aarón. Por lo visto, no podemos esperar a mañana en el instituto. Sonrío de camino a la pista de atletismo porque me ha gustado conocer un poco más a Aarón. Imaginaba que sería majo, pero hoy lo he podido comprobar. Además, se le dan bien los animales, y eso siempre suma.

—¡Emma!

—Manu. ¿Ya estás entrenando?

Su pelo húmedo y echado hacia atrás indica que ya ha dado unas cuantas vueltas a la pista.

—Sí, este sábado tengo competición.

—Vaya, qué ilusión.

—Tal vez te toque...

—No creo...

Llevo poco en el equipo y no he entrenado tanto como para poder competir. Mis marcas son muy buenas, pero entiendo que mis compañeros están por delante de mí.

—Emma.

Me vuelvo hacia el entrenador.

—Hola, Fede.

No le gusta que lo llamen entrenador, así que todos nos dirigimos a él por su nombre.

—¿Qué tal? Oye, este sábado hay una competición a nivel provincial... ¿Te apetece?

—Eh...

—Tenemos un par de atletas femeninas lesionadas. Ya sé que puede parecerte muy pronto, pero tus marcas son muy buenas. Creo que estás preparada, y, si los resultados no son demasiado buenos, no importa. Te necesitamos.

—Pues entonces contad conmigo, claro que sí.

Fede suelta el aire que tenía retenido en el pecho y sonríe. Creo que pensaba que le iba a decir que no porque no sabe que a mí competir me encanta.

—Perfecto, llamo ahora mismo para inscribirte.

Manu y yo vemos cómo coge el teléfono y se aleja para hablar.

—Vaya, pensábamos que te rajarías.

—Vaya, así que eres el segundo entrenador, ¿eh?

Manu se ríe y lo miro divertida.

—No, en serio. Coincidíamos en que es pronto.

—Adoro competir.

—¿En serio?

Me mira asombrado, y lo entiendo, porque no doy esa imagen.

—Cuanta más presión, mejor —le digo convencida.

Él suelta una carcajada y me abraza por encima del hombro para acercarme a él.

—¿No serás mi alma gemela?

—¡¡Manu!! ¡Esas manos!

Nos volvemos al escuchar la voz de Aarón. Lleva la bolsa de entreno en la espalda y se dirige hacia el campo de fútbol.

—¡Oh, vamos...! ¡No te pongas celoso!

Aarón le enseña los dedos corazón de las dos manos con una sonrisa sincera y Manu y yo nos echamos a reír con ganas mientras nos separamos.

En ese momento pasa Kaiden y nos mira con curiosidad.

—Kaiden, métele caña a ese pringado —le dice Manu entre risas.

—Ese pringado es de los mejores —contesta Kaiden señalando a Aarón que en ese momento se detiene para esperar a su amigo.

—¡O el mejor! —grita él señalándose con entusiasmo.

Los cuatro nos reímos hasta que Fede nos llama la atención.

—Emma, el sábado corta y media distancia. ¿Bien?

—Perfecto.

Manu y yo chocamos las manos en el aire y empezamos el entreno sin los demás. Poco a poco, va apareciendo el resto de la gente y se van sumando a las instrucciones de Fede. La verdad es que la mayoría llegamos al entreno antes de hora, pero es que es algo que también hace siempre el entrenador. Le gusta su trabajo, se le nota, y nos contagia su entusiasmo.

—Emma, me han dicho que compites este sábado —me comenta Daniela mientras hacemos unos estiramientos.

—Sí, no me lo esperaba tan pronto, pero estoy encantada.

—Nosotros también lo estamos. Competimos contra un club que es muy bueno. A ver si este año conseguimos ganarlos.

Asiento con la cabeza sonriendo. Ahora empiezan las flexiones y es mejor no gastar la energía hablando. Daniela también se lo toma en serio. Me gusta esta chica, quizá otra me hubiera dejado de lado al ser amiga de Mar. Pero veo que ella sabe separar las cosas. Es amiga de Mar, y también es capaz de ser una buena compañera conmigo. Con Beatriz, no sé decir si es compañera o amiga, a veces me parece que entre ellas hay una relación mucho más fuerte que la de simples compañeras, pero en otras ocasiones parecen conocidas que no tienen demasiado en común. Imagino que, si no estuviera Mar de por medio, la situación entre ellas sería otra. Pero, para Daniela, Mar es importante. Tienen una historia en común, algo que me sorprende porque yo sigo pensando que esa chica es tóxica.

—Vamos, Emma, a por ello —me dice Salma, una de las atletas que está lesionada.

Entrena con nosotros, pero de una forma mucho más suave.

—A ganar —añade guiñándome un ojo antes de empezar el trote.

Le sonrío y pienso que me gusta la presión, pero quizá no tanta. Espero que no estén poniendo todas sus esperanzas en mí. No me gustaría que se llevaran un chasco.

Es cierto que voy a ir a por todas, aunque no sé contra qué tipo de atletas voy a competir. No conozco a nadie, y casi mejor, así voy a mi rollo, sin preocuparme demasiado.

Cuando acaba el entreno, empieza a llover fuerte y todos cogemos el teléfono para llamar a nuestros padres cuando vemos que no para. Primero pruebo con mi padre, pero no me lo coge. Cuando voy a llamar a mi madre, se detiene un auto pequeño delante de mí y suena el claxon.

—Emma, Manu, aquí caben dos —dice Kaiden bajando un poco la ventanilla.

Manu y yo corremos hacia el coche y entramos intentando no mojar demasiado la tapicería.

Dentro está Aarón, con la cabeza empapada, como nosotros.

—No os preocupéis por mojar el coche; es normal, llueve demasiado —nos dice una mujer sentada al volante.

Imagino que es la madre de Kaiden.

—Suerte que he salido a comprar...

Él la mira una segundo y se sonríen.

—Mamá, ella es Emma. Y a Manu ya lo conoces.

—Sí, sí —dice incorporándose al tráfico.

—Emma es nueva —comenta Aarón dándome un leve codazo cariñoso.

—Ajá —dice ella concentrada.

Hay bastantes coches y un poco de lío con la lluvia.

En ese momento suena mi móvil y veo que es mi madre. Dudo en cogerlo porque me da un poco de corte hablar con ella delante de ellos, pero al final le respondo. No quiero que se preocupe.

—Emma, ¿estás en el entreno aún?

—Mamá, estoy en el coche de la madre de Kaiden.

—¿Quién es Kaiden?

—Uno de los compañeros del centro canino.

—Ah, ¿y te traen a casa?

—Sí, pero hay mucho tráfico.

—Dile que no corra.

—Mamá...

—Vale, vale...

—Perdona, Emma —me interrumpe la madre de Kaiden—. Dile a tu madre que puede estar tranquila, que conduzco muy bien y que no me gusta nada correr.

—Lo corroboro —añade Kaiden.

—Mamá, ya lo has oído —le digo a mi madre.

—Sí, sí. Dale las gracias. Dile que... ya tomaremos un café.

—Se lo digo. Adiós, mamá...

—Adiós.

—Dice que ya te invitará a un café —le digo a la madre de Kaiden.

—Ay, qué maja tu madre.

Kaiden y yo nos miramos pensando lo mismo: mejor que no hagan ese café. No es necesario que nuestras madres sean amigas.

Nos quedamos todos callados observando la que cae fuera del coche.

—Chicos, este sábado competimos —dice Manu rompiendo el silencio.

—¿Cuándo? —pregunta Kaiden.

—Por la mañana.

—Ah, nosotros tenemos el partido por la tarde —comenta Aarón.

—Pues podemos ir a verte —concluye Kaiden.

—Emma también compite —les informa Manu.

Kaiden se vuelve hacia mí y abre un poco los ojos.

—Ah, ¿sí?

—Eso parece —respondo.

—¿Le has hecho la pelota al entrenador? —me pregunta Aarón bromeando.

—Es buena —me defiende Manu con orgullo.

—Cuando quieras, hacemos una carrera, listo —le digo a Aarón con una confianza que no tenía antes del paseo con el perro.

Él se ríe.

—Paso, que eres capaz de dejarme en ridículo. Y a ver cómo ligo yo después de eso.

Ahora la que se ríe soy yo.

—Me encantan las chicas que hacen deporte —comenta la madre de Kaiden mirándome por el retrovisor.

Le devuelvo la sonrisa y él me mira poniendo los ojos en blanco.

—Kaiden, me gusta esta chica —le dice su madre bajando el tono, pero todos la oímos, claro.

—Mamá...

Nos reímos los tres y él nos contempla con un gesto amenazante que nos hace estallar en una buena carcajada. Kaiden se une a nuestras risas y durante unos momentos nos miramos fijamente.

Dios, podría quedarme en esos ojos toda la vida...

CAPÍTULO 8
Kaiden

A veces parece que los adultos no se enteran ni del clima. ¿No ve mi madre que Emma la ha escuchado perfectamente? «Me gusta esta chica», me dice. ¡Y a mí, mamá! Pero no hace falta que lo digas, y menos por lo bajini.

Por suerte, mis amigos me han quitado el mal humor de un plumazo y me he acabado riendo con ellos.

Dejamos a Emma la primera, y después, a Manu y a Aarón. Antes de llegar a casa ya tengo un mensaje de WhatsApp de Emma.

Emma:
Gracias por traerme, todo un detalle.

Kaiden:
Así te has enterado de que le gustas a mi madre.

Emma:
Jajaja, es muy simpática.

Kaiden:

Y muy poco disimulada.

Emma:

Como todos los padres.
Nada más entrar, mi madre me
ha hecho un interrogatorio de
tercer grado.

Kaiden:

Por volver con un chico.

Emma:

Exacto. Y eso que ha
hablado con tu madre. ¿Quién es?
¿Dónde vive? ¿Qué curso hace?
¿De qué lo conoces?

Kaiden:

Se preocupa.

Emma:

Vive preocupada.

Kaiden:

¿Y no ha preguntado
por Manu y Aarón?

Emma:

No le he dicho que también estaban en el coche; si lo hubiera hecho, aún estaría interrogándome.

Kaiden:

Jajaja, si fuesen chicas, no hubiera dicho nada.

Emma:

Tal cual, y eso que ya sabe que cuando he tenido problemas ha sido con el sexo femenino.

Kaiden:

¿Qué tipo de problemas?

Emma:

Es largo de contar, pero el año pasado tuve que abandonar el atletismo porque un par de chicas no me dejaban en paz.

Kaiden:

Vaya, qué jodido.

Emma:

Sí... Bueno, te dejo, que mi madre me reclama.

Kaiden:

Si pregunta más, dile que saco muy buenas notas.

Emma:

Jajaja, hecho.

Emma se desconecta y yo leo de nuevo nuestra conversación. ¿Sufrió *bullying*? Si tuvo que dejar de hacer atletismo, debió de ser porque alguien la estuvo acosando. Ya es la cuarta persona cercana que conozco que ha pasado por una experiencia así. El pasado año, un chico de segundo de la ESO de otro instituto se suicidó nada más empezar el curso porque no quería ir a clase. Nosotros no entendíamos cómo puede haber gente tan capulla por el mundo. Nuestra tutora habló de ello. Es fuerte que alguien de tu edad acabe quitándose la vida porque se meten con él. La profesora estuvo contándonos del tema en una tutoría porque estábamos todos muy impactados por lo ocurrido. Nos dejó claro que en nuestro instituto no se pasaba ni una, pero nos advirtió de que a veces los adultos se enteran solo de la mitad de las cosas.

Pienso en Mar y en el tema de los hielos que le echaron por la espalda a Emma. ¿No deberían saberlo los profesores?

Carmelo me abre la puerta de su despacho.

—Kaiden, pasa. ¿Qué ocurre?

—Quiero hablarle de una alumna.

—Siéntate.

Mi tutor me ofrece el asiento que está a su lado y me siento junto a él.

—Dime...

Le explico la actitud de Mar en los días que estuvimos en el camping y también en todo lo que estuve pensando anoche.

—El día que ocurrió no pensé que fuese tan grave, pero, cuanto más pienso en ello, más creo que hay que frenar ese tipo de situaciones.

Carmelo me mira serio y fijamente. Asiente con la cabeza.

—Tienes toda la razón del mundo. Pensamos que son tonterías y después vienen los problemas gordos. Hablaré con la orientadora y supongo que ella tendrá una conversación con Mar.

En ese momento pienso que a Mar no le va a gustar nada que le llamen la atención.

—Bien.

—Gracias, Kaiden. Necesitamos más alumnos que nos ayuden en estos temas. Yo soy el primero que intento estar pendiente, pero es complicado estar en todo. Además, sois una generación demasiado espabilada según en qué cosas. Por ejemplo, en tecnología ya no hay quién os pille.

Ambos soltamos una risilla.

—Hasta luego, Carmelo.

—Hasta luego.

Salgo de allí con una sensación extraña: sé que he hecho lo que debía, pero por otra parte me da miedo que Mar se lo tome fatal. Espero que capte el mensaje y se relaje un poco. Supongo que no quiere pasarse una semana en casa expulsada.

—¿Tutoría? —me pregunta Emma al salir de los baños justo en ese momento.

Es la hora del descanso y estamos todos por el instituto desperdigados porque hoy sigue lloviendo con ganas.

—Eh... No, he hablado con Carmelo sobre...

Dudo un instante. No sé si contárselo o no, pero creo que es mejor que lo sepa. Es parte de la historia.

—Sobre Mar.

—¿Y eso? —me pregunta extrañada.

—Creo que los profesores deben saber de qué va.

—¿Le has contado lo del camping? —pregunta en un tono más agudo.

—Sí, y que tiene una actitud un poco agresiva contigo.

Emma parpadea despacio y me mira fijamente sin decir nada hasta que frunce el ceño, enfadada. Muy enfadada.

—Pero ¿de qué vas, Kaiden? ¿Quién te crees que eres? ¿Mi salvador?

—Mar no puede ir haciendo eso por ahí como si nada.

—Pero ¿has pensado en la que se va a liar ahora?

—Mar captará el mensaje...

—Mar va a ir más a por mí gracias a ti. ¿Es que no lo ves? ¿Te he pedido yo algún tipo de ayuda? ¿Me has visto preocupada? La has jodido, Kaiden...

Me paro unos segundos a pensar: «¿Es así? ¿La he jodido más? No, a Mar le tienen que frenar los pies».

—Emma, en cuanto hablen con ella, parará de...

—No, no te equivoques. Este tipo de personas no se detienen porque las riña un profesor. Joder, Kaiden...

Veo que está muy preocupada y me hace pensar que igual me he equivocado. Pero entonces pienso en ese chico que se quitó la vida: quizá si alguien hubiera dado un paso por él, no hubiera acabo así...

—Emma, alguien tiene que llamarle la atención...

—Estaba controlado... —me dice más enfadada—. ¿Qué es lo que no entiendes? Ahora será peor.

—No va a ser así, estoy seguro.

—¿Has vivido algo parecido? No, ¿verdad? Entonces no hables por mí, ¿vale?

—Emma...

—No, Kaiden. No quiero hablar más.

Se va sin poder decirle nada. Está convencida de que la he fastidiado, pero yo creo todo lo contrario. Mar necesita un toque de atención y, si se le ocurre tomar represalias, entonces se las verá conmigo. No le tengo ningún miedo.

Me voy con mis amigos, que se encuentran en una esquina de La Cantina. Están charlando del fin de semana y yo no les hago demasiado caso. Sigo pensando en todo lo que me ha dicho Emma. Entiendo que parece que esto puede traerle problemas, pero yo creo que, si los profesores hablan seriamente con Mar, ella reaccionará de forma positiva.

Entonces, de repente, me sube un calor desagradable por el cuerpo al recordar que Mar padece un trastorno de conducta. Me lo dijo Bali y lo había olvidado por completo. ¿Y si se le va la cabeza y la lía más, tal como cree Emma que va a pasar? No, joder, espero que no...

De reojo veo que Emma habla con Beatriz, y que está disgustada. Probablemente, le está explicando lo que he hecho.

Pues igual sí que la he cagado...

Pero que no, que no me da la gana de que pasen estas cosas y nadie diga nada. Mar no puede salirse siempre con la suya. Le puso hielo a Emma en la espalda, pero podría haber hecho algo peor. Es más, seguro que, si hubiera una próxima vez, sería peor. Y no quiero que pase eso.

Beatriz coge a Emma del brazo y se la lleva de allí mientras charla con ella. Daría cualquier cosa por saber cuáles son sus consejos y su opinión. ¿Pensará también que me he metido dónde no debía?

—Bro, ¿qué pasa? —me pregunta Aarón en el oído.

—No sé, tío...

—¿Y si me lo cuentas? —me dice en el mismo tono.

Le indico con la cabeza que me siga.

—Iván, ¿vienes un momento? —digo. Quiero que él también sepa lo que ha pasado.

Uno se coloca a mi derecha y el otro a mi izquierda, y les explico con pelos y señales lo que acabo de hacer y mi encontronazo con Emma.

—Bro, no me parece mal que hayas ido a ver a Carmelo para contarle lo sucedido, pero tal vez, solo tal vez,

¿no crees que deberías haber hablado con Emma antes?
—dice Aarón con tiento.

Lo miro fijamente.

Sí, tal vez sí.

CAPÍTULO 9
Emma

No soporto a la gente que se mete de por medio y menos a los tíos que van de salvadores, pero ¿quién le ha dicho a Kaiden que necesito ayuda? Dios, no lo soporto. En serio. ¿Es que se cree que estamos en una película y que es Superman?

No se ha parado a pensar, no lo ha hecho, porque dudo que sea tan inocente como para creer que Mar se va a detener porque los profesores le digan algo. Esa chica está acostumbrada a actuar como lo hace desde siempre, y no va a cambiar de la noche a la mañana. Joder, al contario. Se va a liar más. Y lo sé, porque no es la primera vez que veo algo parecido: alguien hace algo que está mal a otro, alguien se chiva y al final es peor para el que ha recibido... Eso es así, siempre. Y los mayores no pueden hacer nada, porque nuestras leyes son distintas a las suyas. Se creen que hablando, razonando o dando sermones solucionan algo, porque ellos solucionan así sus cosas, pero nosotros no. Mar dirá a todo que sí cuando el profe de turno le esté llamando la atención, mientras su cabeza estará maquinando la manera de putearme por chivata. Porque encima se va a creer que he sido yo la que ha ido a hablar con Carmelo.

Qué putada, Kaiden, qué gran putada...

Podría haberme dicho algo, y entonces yo le hubiera hecho ver que se iba a equivocar. Pero no, el tío se ha tenido que poner el traje de justiciero y actuar por su cuenta, como si esto no fuese conmigo. Me ha tratado como a una cría y me hierve la sangre. Estoy muy enfadada con él, no comprendo por qué ha hecho algo así. Solo tiene dos años más que yo, debería entender que el código no es ese.

Tampoco sé cuál es la solución, eso es verdad. Pero hablar con los profesores es lo último que yo hubiera hecho.

¿Y si funciona?

No, no va a funcionar. Con Mar, no. Con otra persona, tal vez, pero con ella, no. Y Kaiden debería saberlo tan bien como yo.

Lo suyo era pasar de ella y de Diego y que solucionen sus historias sin que me metan a mí en medio. Punto. Pero no, Kaiden lo ha tenido que complicar todo, porque está claro que Mar no se va a quedar de brazos cruzados y la que va a recibir las consecuencias voy a ser yo. Está clarísimo.

—Bueno, yo estaré pendiente también, Emma.

Beatriz cree que Kaiden debería haber hablado conmigo antes, pero también lo defiende. Dice que seguro que lo ha hecho porque estaba preocupado por mí. Pues que se preocupe ahora, porque no me extrañaría que a Mar se le gire la cabeza trescientos sesenta grados como a la niña de *El exorcista*.

—Menuda cagada —repito por milésima vez.

—Ya...

—No puedo estar vigilando mi espalda veinticuatro siete, ¿entiendes?

—Sí...

—Es que no sé en qué momento se le ha ocurrido a Kaiden que podía ser buena idea ir a hablar con los profesores.

—No es la mejor idea, no.

Justo entonces Mar y Daniela pasan por nuestro lado y ni las miro. Es que no quiero ni verla. Beatriz saluda a Daniela y yo no digo nada. Me sabe mal por ella porque es muy maja conmigo en atletismo, pero no estoy de humor. Es amiga de mi mayor problema ahora mismo.

—Es una borde... —oigo que dice Mar a lo lejos.

Sé que se refiere a mí y siento un escalofrío por todo el cuerpo. ¿Por qué me tiene que pasar esto? ¿Soy un imán para los problemas? El año pasado me ocurrió algo similar en atletismo solo porque era buena, pero la solución fue sencilla: dejé de ir a atletismo.

—Quizá todo es culpa mía, no sé...

—Pero ¿qué dices? Eso es como decir que llevar minifalda provoca violaciones, no me fastidies —dice Beatriz, enfadada. Entiendo su enfado, pero es que ha llegado un punto que ya no sé qué pensar.

—He tonteado con Diego sabiendo que está Mar de por medio.

—¿Y qué? ¿Es su pareja? No, ¿verdad? ¿O es que cuando te gusta alguien ya es tuyo sí o sí?

—Yo qué sé —digo cansada.

Beatriz tiene toda la razón del mundo, pero me siento agotada.

—Vamos, ni se te ocurra culparte de nada. La imbécil es ella. Y Diego ha dejado bien claro que no tienen nada, así que no veo dónde está tu error.

—Debería haber pasado de Diego sabiendo que esa tía está chalada.

Beatriz pone los ojos en blanco y niega con la cabeza.

—Estás agobiada, vale, lo entiendo. Pero sabes que eso no es así. ¡Faltaría más! Mar es la que está actuando como una loca; tú lo haces como lo que eres, una adolescente más, así que no pienses que te has equivocado. Incluso Kaiden tiene algo de razón. Esa tía gasta muy mala leche.

La miro alzando las cejas. ¿Razón en qué?

—Piensa en todos los casos de acoso escolar que no hubieran acabado mal si alguno de nosotros hubiera hecho algo.

La miro pensando en cada palabra que ha dicho.

Hum..., ¿sí?

Sí, es verdad. Otra vez tiene razón.

—Cierto, pero esta vez no hacía falta hacer nada —le digo defendiendo mi enfado con Kaiden.

Sigo pensando que se ha metido donde no debía. No soy una niña pequeña y me ha tratado como tal. Ha actuado sin hablar antes conmigo.

—Tal vez no, pero no sabemos hasta dónde es capaz de llegar esa chica.

—¿Lo justificas? —le pregunto incrédula.

—Emma, no te cabrees conmigo.

La miro relajando el gesto. Vale, lo último que quiero es estar enfadada con ella.

—Solo que en parte lo entiendo. Le gustas mucho y por lo que sea ha pensado que era lo mejor para ti. Pero seguro que no lo ha hecho para joderte más; creo que ni siquiera se le ha pasado por la cabeza que podría complicarte más las cosas.

—Se ha comportado como un puto padre.

Beatriz me mira fijamente y asiente con la cabeza.

Así hacen las cosas los mayores: siempre pensando que ellos tienen la razón, sin intentar estar en nuestras cabezas, sin entendernos, sin recordar que un día fueron adolescentes. Pero es que Kaiden no es un adulto, eso es lo que no entiendo. ¿Me he equivocado con él y no es tan guay como me parecía en un principio?

Resoplo, agobiada, justo en el mismo momento en que suena la música que nos indica que tenemos que ir a clase. Por suerte, nos toca Plástica y voy a poder tener mi cabeza en otra parte porque la tengo demasiado llena de nubarrones como para poder pensar con claridad.

Mientras subimos por las escaleras, Diego se coloca a mi lado y nos miramos unos segundos, pero después nos ignoramos. Otro problema que no sé cómo solucionar.

—Tenéis que hacer el mismo dibujo con puntos y con rayas: a la izquierda puntos y, a la derecha rayas. ¿Se entiende?

Se oye un «sí» general y empezamos a trabajar concentrados.

Me sabe mal haberme alejado de Diego de esa manera, pero creo que es lo bastante inteligente como para darse cuenta de que no quiero que Mar me putee más. Sé que no tiene culpa de nada, pero yo tampoco, así que lo más fácil para mí es pasar de él. Es a mí a quien Mar le puso hielo en la espalda. Es a mí a quien le mojó la ropa. Fui yo la que hizo el gran ridículo delante de Kaiden. Fui yo la que se perdió la fiesta final. Así que lo siento, pero no tengo ganas de seguir siendo el centro de entretenimiento de su ex. No me vale la pena, por muy mono que me parezca Diego, o divertido, o listo. Sí, vale, me gusta, pero no tanto... Por suerte, no tanto.

Durante un segundo pienso qué pasaría si Mar estuviera pillada por Kaiden. ¿Pasaría así de él?

Ufff, qué complicado.

No, creo que no, porque Kaiden me gusta mucho más. O, más bien dicho, me gusta en serio. Por eso me he enfadado tanto, porque de repente se ha convertido en otra persona que no me gusta nada.

Entonces ¿qué haría si todo el embrollo de Mar fuese con Kaiden?

No pasaría de él, eso lo tengo claro. Más que nada porque tampoco podría. Y no es por el beso que nos hemos dado. Es por algo más, es como si entre nosotros existiera algo real desde el primer día que nos vimos. Es algo que no sé ni cómo explicar.

Beatriz siempre dice que los sentimientos reales cuestan mucho de describir, y creo que otra vez tiene toda la razón del mundo.

Pienso que me enfrentaría a Mar sin problemas, que no me escondería; al contrario, me defendería. Desde luego que no quiero estar al capricho de las ocurrencias de esa tía, pero prefiero arreglar las cosas a mi manera, sin los profesores de por medio.

—¿Estás triste?

Levanto la cabeza al darme cuenta de que esa pregunta va dirigida a mí. Es la profesora de Plástica.

—No, ¿por?

Estoy trabajando al mismo tiempo que estoy pensando en mis cosas. ¿Qué ha notado?

—Por los colores que estás usando.

Miro el folio y me doy cuenta de que tiene razón: marrones, grises y un rosa pálido.

—Es el otoño —le digo mintiendo.

Ella me mira juntando los labios en una mueca divertida.

—Si alguna vez necesitas hablar, ya sabes dónde estoy.

¿Ya se ha enterado de lo de Mar? ¿Ya se lo han dicho? No, joder, no puede ser. Kaiden acaba de hablar con su tutor. No le ha dado tiempo. Estoy muy rayada, es evidente.

—Gracias.

Beatriz me mira preocupada cuando la de Plástica se va a otro lado.

—Estoy bien —le digo observando mi dibujo.

No he pensado demasiado a la hora de escoger los colores. Lo importante en mi cabeza ahora mismo no es este trabajo. Lo importante es ver cómo salgo de esta. En cuanto hablen con Mar, voy a tener un problema bien gordo.

—¿Qué puede hacerte? —me susurra Beatriz como si leyera mis pensamientos.

—No lo sé, no parece que le importen demasiado las consecuencias.

—Se escondió en el baño para amenazarte y lo del hielo lo hizo con mucha discreción. No quiere que la pillen. Así que yo no lo veo tan claro eso de que no le importan las consecuencias.

—Pero no se va a quedar de brazos cruzados.

—¿Y qué crees que puedes hacer?

La miro pensando a mil por hora.

—Adelantarme a ella.

—¿Cómo?

—Se lo voy a decir antes de que lo hagan los profesores.

Beatriz abre los ojos sorprendida, pero acaba sonriendo y asintiendo con la cabeza.

—Dios, me parece una idea de puta madre.

—¿Verdad?

Una parte de mí también lo cree y no tiene miedo. Otra parte quiere esconderse debajo de la cama y no salir nunca más. Y otra cree que estoy chalada.

Me voy a quedar con la primera.

CAPÍTULO 10
Kaiden

Estoy un poco de *malro* porque creo que es verdad que debería haber hablado antes con Emma. Probablemente, me habría dicho que lo de que fuera a contarle a los profes lo de Mar no le parecía buena idea y entonces yo habría intentado buscar otra forma de ayudarla. Pero ahora ya está hecho. No hay vuelta atrás. Y Emma está muy cabreada conmigo.

A la salida del instituto ni me ha mirado, como si no existiera. Hubiera ido tras ella para volver a explicarle mis argumentos y decirle que tal vez me he precipitado, pero sé que es mejor dejar que pase un poco de tiempo antes de intentar volver a hablar con ella. Cuando estás enfadado, es difícil razonar o empatizar.

—¿Has perdido a la princesa?

Me vuelvo al escuchar a Diego. Está a mi lado, mirando también cómo Emma se aleja junto a Beatriz.

—¿No tienes nada mejor que hacer?

No estoy de humor para bromas.

—Vaya, veo que no soy el único al que ha dejado de lado.

Está molesto, muy molesto. A nadie le gusta que lo rechacen, pero pensaba que Diego era más maduro. Bueno, solo tiene catorce años, así que tampoco me debería extrañar. Recuerdo que con catorce sabía muy pocas cosas de las chicas, me interesaba más la pelota de fútbol, la verdad.

—Vamos a no meternos el uno con el otro, ¿te parece? —le digo en un tono grave.

—Pues no me parece. Porque me toca los huevos que te escoja a ti.

—Emma no ha escogido a nadie.

—No, qué va.

Nos miramos con intensidad. Sé que está pensando que soy su mayor estorbo.

—¿Has hablado con ella? —le pregunto para saber si Emma le ha explicado lo del beso o algo de nosotros.

—No me ha dado opción. Desde que volvimos del camping me ignora.

Vale, entonces yo no soy la clave de su problema.

—Bueno, ya sabes qué paso —le digo justificando la actitud de Emma.

Cuando Mar le puso los hielos en la espalda a Emma, esta se marchó y se encerró en su habitación con Beatriz. Yo no pude hablar demasiado con ella y al día siguiente estaba esquiva conmigo. Imagino que se sentía mal, ridiculizada y agobiada por todo. No es divertido que te puteen delante de todos tus compañeros.

—Yo no hice nada.

—No, claro. Pero Mar sí.

Diego me mira sin decir nada.

—Y probablemente alguien le dijo que la culpa era mía, ¿no?

—Diego, a mí no me mires. Yo no he hablado más de ese tema con ella. Y no sería tan capullo.

Pone los ojos en blanco, está claro que no me cree.

—Piensa lo que quieras, Diego. Es tu problema.

—¿Ha pasado algo entre vosotros?

Lo miro frunciendo el ceño. No voy a responder a eso, así que decido irme. No hace falta alargar más esta conversación. Pero Diego me coge del brazo para detenerme. Miro su mano, me está clavando un poco los dedos, aunque no llega a dolerme.

—Te aconsejo que me sueltes —le digo, intentando mostrarme sereno.

No quiero pelearme con él.

—No te tengo miedo.

—Me alegro.

—Me da igual que tengas dos años más.

Diego es algo más bajo que yo, pero tiene un cuerpo atlético y está en forma. No parece un chaval de tercero de la ESO, parece más mayor.

—Céntrate en tu principal problema, Diego, que está claro que no soy yo.

Entrecierra los ojos durante unos segundos, como si eso le ayudara a pensar con claridad, y me suelta el brazo.

—Que te den —me dice antes de alejarse cabreado.

Ambos sabemos que su problema es Mar y que es ella la que realmente se está metiendo entre Emma y él. A mí me va genial, pero preferiría que esa tía dejara de dar por culo.

En ese momento me vibra el móvil. Es el grupo de Reseñaslocas, el grupo de WhatsApp en el que comentamos nuestras lecturas para subirlas a Instagram.

Hace unas semanas que estamos todos un poco desconectados. El único que ha seguido activo ha sido Salva, que se encarga de la cuenta de Instagram.

Salva:
Chicos, ¿qué pasa?
¿Pasamos de leer o qué?

Kaiden:
Vamos a ponernos
las pilas.

Emma está en el grupo porque me dijo que quería participar, pero, aparte de saludar el primer día, no ha dicho nada más.

Salva:
Esa es la actitud. Bueno,
nuestros seguidores saben que
hemos estado de vacaciones, pero
ahora toca darles vidilla.

Kaiden:
Genial.

Silvia:

¡Hola! Sí, sí, yo empiezo hoy el último de Eloy Moreno.

Salva:

¿Sí? Ya nos dirás. Me muero por leerlo.

Kaiden:

Fijo que será buenísimo.

Judith:

Vaya, pensaba que estábamos todos muertos.

Salva:

Sí, como los protas de tus libros. ¿Qué lees?

Judith:

He empezado el último de Joël Dicker, pero no puedo decirte. Llevo muy poco. ¿Y tú?

Salva:

La química del amor de Ali Hazelwood. Previsible, pero mola.

Judith:

Qué romántico mi Salva.

Los cuatro escribimos varias risas por ahí porque Salva y Judith siempre se tiran *beef*. A ella no le gustan nada los libros de romántica y Salva los adora.

Somos todos de Bachillerato, excepto Silvia, que es de cuarto de la ESO y ahora Emma de tercero. No nos importa la edad. Lo único que pedimos es que las reseñas estén bien escritas y que las críticas sean constructivas y siempre desde el respeto. Todos pensamos que escribir un libro debe de ser la hostia de complicado, así que no creemos que sea necesario desacreditar a ningún autor solo porque no nos ha gustado su obra.

Nosotros somos seis, ahora siete, y hemos comprobado en más de una ocasión que un mismo libro a mí me puede encantar y a otra persona no. Y eso mola porque crea debate y porque nos da que hablar. Nunca intentamos convencer a nadie, pero sí defendemos lo que pensamos con pasión.

En Instagram también lo hacemos así. Cuando hemos leído un mismo libro y hay diversas opiniones, lo escribimos tal cual. Y creo que eso es lo que más les gusta a los seguidores, porque ven diferentes puntos de vista y siempre se sienten identificados con alguno de nosotros.

Una vez al mes hacemos una lectura conjunta, aunque nos cuesta una pasada encontrar un libro que queramos leer todos.

Salva:

Debemos escoger lectura. ¿Propuestas?

Kaiden:

Que no sea thriller, ni romántica, ni de miedo... Y que nos pueda gustar a todos.

Silvia:

Bueno, ya dijimos que si un libro se nos atraganta podemos dejarlo.

Kaiden:

Sí, sí. ¿Alguien tiene algo?

Emma:

Lecciones de química de Bonnie Garmus.

Salva:

¿Es el de la portada en que sale una televisión antigua?

Judith:
Sí, sí, creo que es ese.

Emma:
Exacto.

Me sorprende que Emma haya hecho una propuesta, pero al mismo tiempo me alegra.

Kaiden:
He leído buenos comentarios.
Por mí, bien.

Salva:
Por mí, también.

Judith:
Ok.

Silvia:
Mola.

Kaiden:
Vale, pues a ver qué dicen José y Raquel. Si están de acuerdo, ya podemos empezar para comentarlo dentro de un par de semanas.

Emma:

Perfecto.

Está muy enfadada conmigo, pero es capaz de separar una cosa de otra, y eso también me gusta.

¿Es que hay algo de ella que no me guste?

CAPÍTULO 11
Emma

No he pegado ojo en toda la noche, y no, no me duele nada. Pero es que Mar es peor que un dolor de muelas. Eso segurísimo.

Estoy decidida a hablar con ella porque es mejor atacar que defenderse en este caso. Así que antes de entrar al instituto la buscaré para decirle lo de Kaiden. Aunque no sé qué decirle: ¿«Kaiden se ha ido de la lengua»? No, no, eso no... ¿«Alguien ha hablado con los profes sobre ti»? Entonces me preguntará cómo lo sé. Estoy segura de que va a pensar que he sido yo, pero lo que no voy a hacer es nombrar a Kaiden. No soy una chivata. Y no lo hago porque sea él; si fuese cualquier otro, tampoco lo haría.

En parte entiendo sus razones. Durante la noche he llegado a la conclusión de que, si esta historia no estuviera relacionada conmigo, tal vez hubiera pensado que lo que ha hecho Kaiden es lo correcto. Es cierto que hay demasiados casos de acoso encubierto en los institutos. Es cierto que ni padres ni profesores se enteran a menudo. También es cierto que los adultos muchas veces no actúan correctamente: no saben quién es la víctima y el culpable, no saben cómo frenar esas actitudes, miran hacia otro lado, creen que son «cosas de adolescentes»... Todos lo hemos vivido alguna vez.

Y es una pena.

Por eso mismo me he acercado un poco más a la posición de Kaiden, aunque sigo pensando que debería haber hablado antes conmigo. Con acciones como la suya puedes empeorar la situación, que es lo que ha hecho en mi caso. Mar es demasiado particular. Pero aun así voy a demostrarle que no le tengo miedo, no me quedaré en un rincón esperando a que me pille desprevenida. Así que ahora la chunga voy a ser yo. No es algo que me apetezca, pero no tengo alternativa.

Noa:
Emma, en cuanto puedas,
me cuentas cómo estás.

Emma:
Sí, sí, lo haré.
Ojalá estuvieras aquí.

Noa:
Ojalá.

Le he explicado todo el marrón a Noa, por supuesto. Anoche estuvimos una hora larga charlando por teléfono hasta que mi madre me echó la bronca. Qué pesada es. A ella qué más le dará que esté hablando o no. A veces parece que le gusta fastidiarme. No entiende que en algunos momentos necesito a Noa demasiado. Y todavía va a tardar en venir a verme, porque sus padres no han podido cuadrar los calendarios del fin de semana. Por eso mismo estamos las dos un poco deprimidas, creíamos que nos veríamos antes; ya hace demasiado que no nos vemos.

Una eternidad.

El camino hacia el instituto también se me hace eterno, aunque al cabo de un rato me encuentro con Beatriz y consigue tranquilizarme. Parece que me conoce de toda la vida, es una pasada. Tengo suerte de tenerla a mi lado.

—Yo me quedaré cerca de ti.

—Gracias.

—Y ya sabes, si hace falta, usa tus técnicas de defensa personal.

Ambas soltamos una risa nerviosa. Espero no tener que llegar a eso. Solo quiero hablar con esa chica, no pelearme a hostias. No me gusta la violencia.

Procuro llegar un poco antes al instituto para poder hablar con Mar. Ella también suele ir pronto, pero aun así me sorprende ver que ya está allí charlando con una de sus amigas. Todavía somos pocos los que estamos delante de la puerta del centro.

Inspiro hondo y voy a por ello. Cuanto antes, mejor.

—Mar.

Se vuelve al oír mi voz y me mira con desprecio.

—Quiero hablar contigo —le digo antes de que suelte alguna estupidez de las suyas.

Arruga la frente y me mira mal.

—¿Para qué?

—Es importante —le digo impaciente.

—Ahora vengo —le dice a su amiga, pasando por delante de mí.

La sigo hacia una de las esquinas de la entrada, allí no hay nadie.

—¿Qué quieres? ¿Vas a hablarme de Diego?

—No.

Me cojo las manos, nerviosa. Y ella me mira intrigada.

—Alguien les ha comentado a los profesores lo que ocurrió en el camping y también que... me acosas.

Mar abre la boca, muy asombrada.

—Te lo digo para que sepas que no he sido yo.

—Sí, claro —dice muy seria.

—Y también para que dejes de joderme.

Se cruza de brazos y se nota en su rostro que está cabreada.

—Primero, no te creo. Eso es que has ido con el cuento a algún profe como una rata. Y, segundo, voy a seguir haciendo lo que me salga del coño. ¿Te enteras?

Las dos últimas palabras las dice acercando su rostro al mío y noto su aliento caliente. Me aparto por inercia y la miro mosqueada.

—Primero, me importa una mierda si me crees o no. No soy tan imbécil como para ir a hablar con los profesores y seguidamente avisarte...

—Es una estrategia.

—¿Es que estamos en un programa de televisión? No te flipes. No hay estrategia que valga.

—Bueno, eso lo dices tú.

—Sí, lo digo yo. Y, segundo, si vuelves a putearme, sea de la forma que sea, tendremos que pelearnos como los tíos.

Me mira sorprendida de nuevo.

—¿A hostias? —pregunta burlándose.

Recuerdo el hielo frío en mi espalda, quemándome. Y me sube toda la rabia de golpe.

Coloco mi mano en su hombro y aprieto un par de puntos que sé que son muy dolorosos.

—A hostias, Mar —le confirmo mientras aprieto.

—¡Aaah!

Tras el grito se aparta de mí como si tuviera la peste y me mira entre sorprendida y dolida.

Se toca el hombro y se lo masajea.

—¿Estás pirada?

—Un poco, así que cuidado.

No sé de dónde sale toda esa valentía, pero ver que ha funcionado lo del hombro me ha subido la moral.

—Más te vale que todo esto sea solo una puta broma.

—No lo es. Te llamarán para hablar con ellos —digo señalando con la cabeza el instituto.

—¡Eres una chivata! —me grita para que todos los que hay por allí la oigan bien.

Miro a mi alrededor y veo a Kaiden junto a sus amigos. Cruzamos nuestras miradas un segundo y la retiro con desprecio. Gracias a él, estoy en esta mierda de conversación.

—Y tú una tía que hace *bullying*, pero hasta aquí.

Me reta con la mirada y alza la barbilla antes de irse.

—Esto no quedará así, chivata.

Paso de decirle nada más porque no es necesario darle vueltas a lo mismo. De repente me siento supercansada, como si hubiera corrido los cien metros a toda velocidad.

De reojo veo que se acerca Kaiden y me voy hacia el instituto por otro camino para que no me alcance. No quiero verlo, ni hablar con él ni que me pregunte qué ha pasado.

—¡Emma!

—Déjame en paz.

Justo entonces Beatriz se pone a mi lado. Ha corrido para alcanzarme y la miro con cariño. Entramos en el baño de chicas y, una vez allí, me apoyo en la pared.

—Joder, se va a liar.

—Se lo ha tomado fatal, claro.

—Cree que he sido yo.

—Sabía que era gilipollas, pero no tanto. Entonces ¿para qué coño cree que se lo estás diciendo?

—Eso le he dicho yo, pero creo que no tiene más luces. Y le he dicho que deje de tocarme los ovarios o si no...

—¿Si no?

—Tendremos que darnos de hostias.

Beatriz me mira sorprendida y se echa a reír. Yo sonrío porque real que parecemos unas pandilleras.

—¿En serio le has dicho eso?

—A ver, es la única manera de asustarla un poco.

—Ya he visto que le apretabas el hombro y que ha gritado.

—Era un aviso. No se pueden usar esas técnicas para hacer daño a la gente, pero esto era una emergencia.

—Si lo miras bien, ha sido para evitar un futuro ataque.

—Ataque que acabará sucediendo igualmente...

—Ya..., pero estaremos pendientes.

Miro a Beatriz y las dos suspiramos al mismo tiempo. No sabemos cuál será el siguiente paso de Mar, aunque temo que no será nada bueno. Probablemente, mi amenaza no ha servido para nada.

Al salir del baño nos encontramos con Kaiden, Aarón e Iván. Los tres están apoyados a un lado con los brazos cruzados sobre el pecho. Parecen tres guardaespaldas. Pero esto no es una película ni una serie de Netflix de adolescentes.

—¿Qué ha pasado? —pregunta Kaiden.

—Nada —le digo un poco borde.

—Si es necesario, podemos ayudarte —me dice Aarón en un tono tan suave que me hace bajar las defensas.

Me cae muy bien y con él no estoy enfadada.

—No te preocupes, Aarón.

—Es que aquí nos preocupamos por nuestros amigos —suelta Iván muy serio.

Lo miro y se me humedecen los ojos. No sé por qué. Imagino que porque no he dormido bien esta noche, porque tengo los nervios a flor de piel y porque me gusta saber que me consideran como a una más, a pesar de lo poco que hace que me conocen.

—Lo saben todo —me aclara Kaiden.

Ya lo imaginaba. Son como Beatriz o Noa y yo, pero en masculino.

—Vale, saben que te has metido donde no debías.

—Exacto —dice Kaiden.

Me mira fijamente y yo niego con la cabeza. Está claro que sigue creyendo que tiene razón.

—Y lo volvería a hacer. Por ti y por quien fuese. Porque lo que no puede ser es que tías como Mar hagan lo que quieran como si los sentimientos de los demás no importaran.

Real. Muy real. Pero...

—Quizá debería haber hablado contigo antes.

—¿Quizá?

—No lo pensé —se justifica.

—Pues la próxima vez piensa una poco antes —replico molesta, y luego me alejo de ellos con rapidez.

Justo en ese momento suena la música que indica que debemos entrar en clase, y Beatriz y yo nos mezclamos con el resto de los compañeros.

—Emma, estoy contigo —me dice mi amiga cogiendo mi mano.

La miro con afecto. Lo sé.

Y gracias a ella me siento más fuerte.

Voy a poder con todo.

Seguro.

CAPÍTULO 12
Kaiden

—Lleva un cabreo de dos pares, bro —me dice Iván mientras vamos hacia nuestra clase.

En ese momento mi mirada se cruza con la de Mar. Sus ojos quieren desintegrarme, se le nota demasiado. Le muestro el dedo corazón de mi mano derecha, creo que es un mensaje mucho más claro que una mirada asesina.

Mar abre los ojos unos instantes, sorprendida, y entro en el aula. Miss Clarke me mira alzando una de sus cejas hasta el infinito. Creo que ha visto mi dedo alzado, pero no me dice nada, ni yo tampoco. No tengo ganas ni de saludar. Todo este tema me tiene de muy mal humor.

Esta noche me he levantado tres veces porque no podía dormir y en una de ellas he visto a mi padre en el despacho hablando por teléfono a oscuras. No he oído lo que decía porque no quería arriesgarme a que me pillara, pero dudo que hablara de trabajo a las tres de la mañana y en susurros.

¿Se ve con alguien?

He pensado en mi madre al momento y he sentido rabia, como si mi padre me engañara a mí. ¿Lo sabrá? Lo dudo, o quizá sí lo sabe... Siempre he pensado que debería haberlo dejado hace tiempo. Ese hombre tiene un carácter de mierda.

—Chicos, hoy toca examen sorpresa.

—Nooo...

Yo no digo nada porque me da igual.

—Solo es para ver cómo vais. No puedo avanzar si no tenéis algunos conceptos del año pasado bien asimilados. Así que no es material nuevo, no os preocupéis...

Se oye un leve rumor porque a nadie le gustan ese tipo de controles sorpresa.

Miss Clarke reparte los papeles y cuando pasa por mi lado coloca una mano en mi hombro.

—Has hecho bien —me dice en un tono bajo.

Imagino que Carmelo ya ha hablado con los profesores. ¿Qué decisión habrán tomado? Espero que hagan algo porque después de toda la mierda que me estoy comiendo solo faltaría que no movieran un dedo. Algo que tampoco me extrañaría.

Después de Inglés nos toca Música, y después Biología. Estoy atento, pero una parte de mi cerebro está con el tema de Mar. ¿Hablarán con ella? ¿La castigarán? ¿La expulsarán? También pienso en Emma: ¿Mar seguirá metiéndose con ella? ¿Me he equivocado entonces?

Joder, la puta cabeza me va a explotar.

—¿Vamos a La Cantina? —me pregunta Aarón pasándome el brazo por los hombros.

Lo que me apetece hacer es salir del instituto para respirar un poco de aire y alejarme de todo, pero no quiero estar demasiado lejos de Emma y de Mar.

—Vamos.

Localizo a Beatriz y a Emma. Están charlando con Daniela, quien las escucha con mucha atención. Ya imagino de qué están hablando. Quien no está es Mar, y me extraña porque dudo que los profesores hayan aprovechado la hora del recreo para hablar con ella. Pero no la veo con Daniela ni con ninguna de sus amigas. Busco a Diego por si estuviera con él, pero lo localizo en una mesa sentado con sus amigos.

¿Dónde está Mar?

Por un momento me siento observado y me doy cuenta de que Daniela me está mirando. Estoy a punto de ir hacia ellas, pero entonces veo a Mar bajar las escaleras junto a la directora y al jefe de estudios. Ella va asintiendo con la cabeza, como una niña buena, y ellos hablan con ella con gesto relajado. ¿Qué ha pasado? No parece apurada, la verdad.

Aarón se va hacia Beatriz y habla con ella apartado de Daniela y Emma. Lo observo escucharla con seriedad y veo cómo se pasa la mano por el pelo, está nervioso.

¿Qué cojones ocurre?

Mar charla un par de minutos más con los profesores y se va hacia sus amigas con tranquilidad. No parece que la hayan reñido ni que la vayan a expulsar... O sabe disimular muy bien o los profesores no han hecho nada.

Aarón regresa rápido y me mira como si hubiera pasado algo muy malo. Justo entonces se nos une Iván y nos pregunta qué nos pasa.

—Mar se ha adelantado —responde Aarón.

—¿Qué quieres decir? —le digo extrañado.

¿Adelantado?

Joder, claro...

—Ha ido a hablar con la directora antes de que ellos hablen con ella.

—Vaya —dice Iván tan sorprendido como yo.

—Les ha dicho que debido a su trastorno a veces hace cosas que no quiere hacer. Que después se arrepiente mucho.

—¿Qué trastorno? —pregunta Iván.

—De conducta —dice Aarón—. Daniela nos ha puesto al día con eso...

—Ya. Y por lo que veo no habrá consecuencias —digo buscando a Mar con la mirada.

Está con sus amigas, riendo, feliz, como si nada.

—Ese era su plan.

—O sea, que yo la he cagado diciéndoselo a Emma y ella diciéndoselo a Mar.

Aarón e Iván me miran serios antes de hablar.

—A ver, Kaiden, tú no sabías que Emma hablaría con Mar —comenta Iván.

—Ni que, para darle la vuelta a todo, Mar hablaría con los profesores antes de que estos la abroncaran —añade Aarón.

Sí, vale. Los dos tienen razón, pero al final esa tía se libra de todo, Emma ha quedado como una chivata y yo he perdido a Emma.

Genial todo.

—Me cago en la puta.

Me alejo de ellos y al final salgo del instituto. Necesito estar solo.

Cuando entro en clase, mis amigos me dan una palmada en la espalda. Es su manera de decirme que están a mi lado. Y lo sé, sé que están ahí para cuando los necesite y que también saben cuándo necesito estar solo. El pequeño paseo que he dado me ha ido bien para aclarar mis ideas.

Lo primero que voy a hacer es tener una charla con Mar para decirle que he sido yo el que ha hablado con los profesores. Sé que se va a poner chula y que se reirá en mi cara porque mi gesto no ha servido de nada.

Lo segundo que debo hacer es pillar a Emma a solas y tener una conversación con ella. No quiero hacerlo a través de mensajes y voy a esperar un poco a que se le pase el enfado. Cuando estamos enfadados, es difícil razonar. Es algo que mi madre me enseñó cuando era pequeño.

Pienso en ella y en mi padre. ¿En serio sabe que la está engañando? No creo. Mi madre es otra víctima de mi padre.

—Hola, Kaidennn...

Lola me coge del brazo y me acompaña hasta mi silla.

—¿Qué tal? —le pregunto.

—¿Juegas este sábado?

—Sí, ¿por?

—Para ir a verte. Después podríamos ir a tomar algo.

—Con todos los demás —le digo con rapidez.

—O...

—¡Chicos, chicos, todos sentados! Hoy toca hablar de Descartes...

Intento centrarme en la clase, y cuando lo consigo, alguien llama a la puerta. Aparece nuestro tutor y habla un momento con la de Filosofía.

—Kaiden, ¿puedes salir un momento?

Se oye un murmullo general. Eso siempre es una señal negativa para nosotros, pero, claro, excepto Aarón e Iván, nadie sabe lo que ha pasado. En cuanto salgo, me cruzo de brazos, estoy enfadado con todos los profes, pero voy a esperar a ver qué me explican.

—Hemos hablado con Mar.

—Lo sé.

Me mira sorprendido, pero continúa con su explicación.

—Bueno, más bien es ella la que ha venido a hablar con nosotros...

Ahora sería el momento de explicar por qué ha ido a hablar con ellos, pero no quiero liar más a Emma.

—Nos ha contado que se portó mal con Emma en el camping, que está muy arrepentida y que está yendo a un psicólogo porque tiene un trastorno...

—Lo sé —le digo de nuevo.

Me jode un montón que se queden con eso, que no quieran saber más, que no hablen con Emma o que no me pregunten a mí. Ya está. Mar tiene un trastorno de conducta y con eso está todo justificado. La niña les dice que se va a portar bien y ellos se lo creen a la primera. ¿Qué cojones les pasa a los adultos? Después dicen que nuestra etapa es muy complicada, ¿quizá porque ellos la hacen así de complicada?

—Entiendo que estés molesto, pero vamos a darle un voto de confianza.

—¿Y si la lía de nuevo?

Carmelo me mira como si fuera Colón y hubiera descubierto América.

—Eh...

—¿Y si la lía gorda? Entonces ¿vamos a llorar todos?

No sé por qué pienso en ese chico que se suicidó. Creo que es muy duro que la vida de un chaval quede truncada por culpa de alguien que se dedicó a putearlo.

—Estaremos vigilando...

Suelto un bufido y Carmelo suspira.

—Si hay algo, me lo dices al momento.

—Mar tiene un trastorno de conducta, vale, pero es una tía que hace *bullying*. Yo solo te digo eso.

Él asiente con la cabeza.

—Está bien, hablaré de nuevo con la directora.

—La directora se ha tragado el papel de niña buena que Mar ha hecho. Lo he visto.

Sé que diciendo esto me puede caer una buena por parte de la directora, pero me da igual. Ellos van a mirar hacia otro lado, pero yo no.

—Bueno, Kaiden, lo hablaremos —me dice un poco mosqueado.

—¿Puedo entrar en clase?

No quiero hablar más con él. Ya veo que tampoco va a servir de nada.

Asiente con la cabeza y entro en el aula más cabreado que antes. Mis compañeros me contemplan con compasión.

—Dejad de mirarme —les digo pensando que no tienen ni puta idea de nada.

—Kaiden... —me avisa la profesora.

Y así, señoras y señores, se ve el mundo al revés: Mar de *chill* y tan amiguita de los profesores, y yo supercabreado porque todo lo que ha pasado no ha servido para NADA.

CAPÍTULO 13
Emma

De vuelta a casa, Daniela se ha unido a nosotras dos y nos ha detallado cómo Mar ha ido a hablar con los profesores antes de que ellos le metieran la bronca. Una buena jugada: todos salimos perjudicados, menos ella. No pensaba que tuviera tanta picardía, la verdad. Pero está claro que no puedo subestimarla. Es más lista de lo que parece. Supongo que por eso ha ido haciendo siempre lo que ha querido sin tener demasiadas consecuencias.

—No entiendo cómo puedes ser su amiga, en serio, Daniela.

Beatriz no se corta un pelo. Miro a Daniela, estoy segura de que le va a responder rebotada, pero no es así. La relación entre Beatriz y Daniela es curiosa. No son las mejores amigas, pero a ratos lo parecen.

—Ya sabes que somos amigas desde siempre. Y me necesita. No voy a dejarla tirada porque se equivoque.

—Eso no son errores. Ella hace putadas.

—Reconoce que se equivocó —dice mirándome a mí.

A Daniela la tiene engañada. Lo he visto con mis propios ojos. Con ella, Mar cambia totalmente de actitud, al igual que hace con los profesores o con quien le interesa tener a su favor.

—Pues a mí no me ha reconocido nada —le digo en un tono neutro.

No quiero liarla más, pero tampoco voy a defenderla.

—Ya sabéis que está pillada por Diego y tú y él...

—Diego y yo no tenemos nada —le digo rotunda.

—Si ni se hablan por culpa de esa —se queja Beatriz.

Daniela suspira. Ella también ve que todo esto no debería suceder así. Diego no es propiedad de Mar, debería poder relacionarse con quien quisiera y yo debería poder ser su amiga.

Me despido de ellas para entrar en casa y mientras busco las llaves en la mochila oigo mi nombre.

—Emma.

Me vuelvo. ¿Diego?

Veo que se acerca a mí con el rostro serio.

—¿Vas a ignorarme todo lo que queda de curso? —me pregunta con gravedad.

—¿Y tú?

—¿Yo?

—Creo que también me ignoras.

—Porque tú pasas de mí. En el bus te fuiste como si tuviera la peste.

—No quiero problemas.

—¿Yo soy un problema?

—Tu ex lo es.

—Vale, así que vamos a dejar que esa tía no nos deje ser ni amigos —comenta con ironía.

Tiene razón, lo sé.

—Pensaba que tenías más personalidad.

Lo dice para picarme.

—Sí, ¿no? Yo pienso lo mismo de ti. Te lías con alguien que después sigue controlando tu vida.

—¿Hablas de mi ex o del tuyo?

Golpe bajo, pero es cierto. Estamos los dos en situaciones muy parecidas. Si Roberto estuviera por aquí, también estaría dando problemas.

—El mío no te persigue por los baños, no te amenaza constantemente, no te echa hielo por la espalda en medio de una fiesta ni tira todas tus cosas por la habitación...

Nada más decirlo me muerdo los labios. ¡Mierda! No quería decirle nada de eso a Diego.

—¿Perdona?

—Déjalo.

—¿Eso fue en el camping?

Lo miro sin responder.

—¿Emma?

—Sí, pero no quiero que le digas nada más. Lo solucionaré yo. No necesito que nadie me salve el culo, ¿estamos?

Diego junta sus labios, pensativo. Y yo miro sus labios casi sin darme cuenta. Es guapo, muy guapo.

—Vale, Emma, lo entiendo, pero esto no puede ir a más...

Su tono ha cambiado totalmente. Vuelve a ser el Diego comprensivo y amable de antes.

—Vale, pues déjame hacer las cosas a mi manera —le exijo.

Sé que puedo controlar a Mar sin problema, no voy a tenerle miedo ni me voy a escudar detrás de nadie. Y menos de un chico.

—Solo si hablas conmigo. Quiero saber qué pasa. Este problema es más mío que tuyo.

Lo miro fijamente y da un paso hacia mí. Estamos muy cerca y noto su olor. Me gusta.

—Está bien —le digo pensando que es absurdo que Diego y yo no podamos ser ni amigos por culpa de Mar.

—¿Amigos?

—Amigos —le respondo más relajada.

Me coloca uno de los mechones detrás de la oreja y nos miramos como hipnotizados.

—¡¡¡Emma!!!

Joder, qué puto susto.

Me vuelvo y veo a mi madre, que viene hacia el portal.

—Para arriba, ya.

Hostia...

Me despido rápido de Diego y sigo a mi madre hacia el interior del ascensor. La miro un segundo y veo la tormenta en su cara.

Se va a montar una buena.

—Pero ¿qué horas son estas, Emma? Ni la mesa puesta ni nada. ¿Es que estamos viviendo en un hotel o tenemos chacha y no lo sé?

Ufff, está mosqueada y me temo que no es por la mesa.

—Estaba hablando con un compañero, mamá.

—¿Hablando? ¿Es que ahora se habla a un centímetro de la cara? ¿No aprendimos nada con el covid?

¿Qué tendrá que ver el covid ahora?

—No exageres...

—¿Que no exagere? ¿Tú te has visto? ¿Aquí en medio de la calle? Emma, que tienes solo catorce años, ¿lo sabes?

—Perfectamente. Y no son *solo* catorce, son *ya* catorce. Pero no te enteras.

—¿Que no me entero? A mí no me hables así.

—Pues no me hables tú como si fuese una cría.

—¡Es que lo eres!

Buf, si me grita, paso.

Me voy a mi habitación sin decirle nada, dejo mis cosas, me cambio rápido de ropa y me voy a poner la mesa. Mi hermano está por el comedor, así que me imagino que lo habrá oído todo porque me guiña un ojo en plan «no te rayes». Pero sí me rayo, porque mi madre es una histérica cuando quiere. Y a mí cada vez me agobia más. Pensaba que se estaba relajando, pero veo que no. ¿Seré una vieja de treinta años y seguirá llamándome «cría»? Flipo.

—Esta semana del instituto a casa y a atletismo y poco más —me dice mi madre enfadada.

—¿Por hablar con un compañero y llegar cinco minutos tarde? —pregunto alucinada.

—Por todo, Emma, por todo.

—No tengo hambre —digo levantándome de la mesa para irme a mi habitación.

—¡Emma!

—Mamá, deja que se vaya —oigo que dice mi hermano.

Mi padre hoy no está y es una gran putada porque siempre hace de mediador. Tiene una reunión con sus colegas informáticos y yo lo echo de menos un montón. Por suerte, Nico siempre está de mi lado.

Emma:

Odio a mi madre.

Noa:

Te llamo.

Charlamos durante unos diez minutos y le explico todo lo que ha pasado. Ambas coincidimos en que mi madre se pasa mucho. Solo han sido cinco minutos tarde y no me estaba morreando con Diego en medio de la calle.

—¡Creo que el próximo fin de semana podré ir a verte!

—¿En serio? —le pregunto esperanzada.

—Sí, no quería decírtelo por si acaso. Ya sabes que mis padres siempre están con historias...

Son una familia muy numerosa. Sus padres tienen muchos hermanos y siempre están organizando comidas y cenas familiares.

—Ayyy, ojalá que sea que sí. Tengo muchas ganas de verte.

—¡Yo también! Además, quiero conocer a todos tus amigos. A Beatriz, al guapo de Kaiden, al atractivo de Diego y, si quieres, preséntame también a la víbora, que le diré cuatro cosas bien dichas.

Nos reímos las dos por sus ocurrencias.

¿Cómo no la voy a echar de menos? Ha conseguido en un minuto que me olvide de mis problemas y de mi mal rollo con mi madre. Ya estoy sonriendo, y es gracias a Noa.

Nos despedimos con pena, como siempre, porque nos pasaríamos horas charlando, pero las dos tenemos deberes y hemos de estudiar para los primeros exámenes. No quiero fallar ni uno, así que me siento en mi escritorio y me centro en los libros. Al cabo de una hora alguien llama a la puerta y me vuelvo sonriendo, pensando que es mi hermano.

Pero no, es mi madre.

¿Con un plato en la mano y un vaso en la otra?

—No puedes estudiar sin comer nada.

Me deja un sándwich caliente que huele de maravilla y un zumo de melocotón.

La miro sorprendida. Nuestros enfados suelen durar un poco más, pero a mí con este gesto me deja sin ganas de seguir peleando.

—Gracias, mamá.

—De nada.

Me da un beso en la mejilla y sale en silencio.

No odio a mi madre, no es cierto, pero a veces no puedo con ella. No me gusta que me trate como cuando tenía diez años, porque ya no soy aquella niña pequeña que no sabía qué hacía. Ahora soy mayor, y creo que no debería ponerse de ese modo porque llego cinco minutos tarde o porque estoy hablando con un compañero.

Sí..., valeee... Diego y yo estábamos más cerca de lo normal, pero tampoco es para tanto, joder, ¿o es que cree que no me gustan los chicos?

Qué guapo estaba Diego...

CAPÍTULO 14
Kaiden

Ya es viernes y toca entreno: es lo único que va a salvarme el día porque literal que ha sido una semana de mierda. Y todo porque Emma vuelve a pasar de mí y yo soy un pardillo que no quiere hablar con ella. Aarón e Iván insisten en que le diga algo, que estuve un pelín orgulloso, pero es que me jode que no entienda que lo único que yo pretendía era ayudarla. ¿Tanto cuesta ver eso? Su «pues la próxima vez piensa un poco antes» me taladra la cabeza. Lo pensé, por supuesto que lo pensé y sigo creyendo que hice lo correcto. Pero por lo visto todo me ha salido mal: Emma, cabreada, y Mar, tan tranquila.

Me cago en la puta.

Voy media hora antes al campo de fútbol porque creo que será el sitio más adecuado para pillar a Mar y hablar con ella. Quiero decirle que fui yo el que habló con Carmelo. Me da mucha pereza hablar con esa tía, pero se lo debo a Emma, no quiero que Mar le eche la culpa a ella, aunque no sepa realmente quién ha sido.

La localizo sentada en las gradas viendo cómo juega el equipo de Diego, obvio. Cuando me acerco a hablar con ella, todas sus amigas me miran con curiosidad, Daniela incluida.

—Mar, ¿puedes venir un momento?

Ella me mira con simpatía.

—¿Qué pasa?

—A solas —le digo.

Sus amigas sueltan una risilla tonta y ella se levanta como si le hubiese pedido algo extraordinario.

Menudo teatro lleva encima.

—Ahora vuelvo, chicas —les dice despacio provocando más risillas.

Mar está mal de la cabeza, pero sus amigas, tela...

—Dime. —Su tono es arrogante y ya no tan amable.

—Fui yo quien habló con los profesores —le suelto de forma directa. No es necesario irse por las ramas.

Alza las cejas y abre los ojos. Está sorprendida.

—¿Cómo?

—Creo que lo que haces es *bullying* y también que los que somos testigos de que alguien hace *bullying* debemos actuar. Hablé con Carmelo y le expliqué que tienes actitudes agresivas.

—¿*Bullying*?

Creo que no se acaba de creer lo que le estoy diciendo.

—Sí, eso he dicho. No puedes ir por ahí comportándote como una cabrona a pesar de...

Me mordí la lengua. No debía decirle que sabía lo del trastorno.

—¿Yo? ¿Como una cabrona? No soy yo la que se mete entre dos personas.

—A ver, Mar, no voy a discutir eso contigo. El tema es que no puedes ir amenazando a la gente ni poniéndole hielo en la espalda porque te apetece.

—No sé de qué me hablas.

—Lo sabes perfectamente. No soy tonto.

—Pues lo pareces, y un puto *sapo* también. ¿Quién te crees que eres para ir hablando de mí a los profesores?

—¿Y qué hago? ¿Me cruzo de brazos viendo cómo puteas a la gente?

—Yo no puteo a nadie —me dice convencida.

—Mar, sí lo haces, y si no lo ves, entonces es que tienes un gran problema. ¿Te gustaría que alguien te hiciera lo mismo a ti?

—Es que tu amiga ya me lo está haciendo. Está tonteando con Diego; está clarísimo que le gusta.

Me jode oír eso, pero no voy a caer en su juego.

—Diego es libre.

Ella me mira con rabia, no soporta esa idea, pero es la realidad.

—Mar, no estáis juntos. Rompisteis y lo vuestro ya se acabó.

—¡No!

—¿No?

—No, nos prometimos querernos para siempre.

La miro incrédulo. No sé los detalles de su historia, pero dudo mucho que eso sea real. O puede que a Diego y a ella les diera muy fuerte en su momento.

—Mar, yo no sé qué os prometisteis, pero ahora no estáis juntos —le digo en un tono conciliador.

—Por tías como Emma.

—No, porque Diego rompió contigo.

Creo que necesita oír la verdad, así que lo mejor es ser directo con ella.

—Tú qué sabrás —me dice con desprecio, como si yo fuera un idiota que no se entera de nada—. No quiero hablar más contigo y me parece que lo que has hecho demuestra quién eres.

—¿Alguien que no quiere que acoses a la gente?

—Alguien que se mete donde no lo llaman y alguien que es tan parguela que necesita ser un chivato para enamorar a la chica que le gusta.

Niego con la cabeza. Ella sí que no se entera de nada. Todo esto me ha separado más de Emma, así que sus razonamientos son totalmente absurdos.

—Bueno, Mar, estás avisada. No voy a alargar más esta conversación, ya que veo que no eres capaz de entender lo que te digo.

Me mira fijamente, como si quisiera desintegrarme y me doy la vuelta para irme al entreno. Hablar con esta chica es como hacerlo con la pared. No creo que haya servido de mucho, pero ahora sabe que no ha sido Emma la que ha ido con el cuento a los profesores. Pienso que en eso sí me ha creído, pero increíblemente sigue pensando que Emma se interpone entre ella y Diego.

Durante el entreno intento concentrarme al máximo porque mañana tenemos partido de liga y queremos empezar con buen pie. Nuestro entrenador sabe hasta dónde podemos dar, así que nos exprime al máximo. Cuando terminamos, todos vamos hacia las duchas: estamos reventados.

—¿Tomamos algo con Iván? Está fuera.

Le digo que sí con la cabeza a Aarón y los dos nos duchamos con rapidez para que no se nos haga demasiado tarde. Cuando salimos, vemos que está sentado con Beatriz y Daniela. Busco a Emma con la mirada, pero no la encuentro. ¿Se habrá ido a casa ya? Tal vez, porque, según ella, su madre está muy encima.

Nos sentamos con ellos y nos saludamos antes de pedir algo al camarero que nos limpia la mesa. Todos queremos refrescos y me recuesto en la silla, cansado.

—¿Os han machacado? —pregunta Daniela.

—Hoy sí, mañana tenemos partido. ¿A vosotros también? —le digo yo.

Daniela se ha duchado, pero tiene el rostro encendido aún de correr. Los viernes también entrenan, aunque terminan un rato antes que nosotros.

—Buf, igual. Mañana también competimos.

—¿Relevos? —le pregunta Iván.

—No, corta y media distancia. También compiten los Plenium, son muy buenos —nos explica Daniela con rotundidad.

—Sí, es un club potente —comenta Aarón.

—Pero vosotros ganaréis —suelta Beatriz con seguridad.

—Sí, además tenemos a Emma, que es una lince —dice Daniela con orgullo.

La miro para ver si lo dice en serio y veo que sí. Está claro que toda la historia de Mar no influye para nada en la opinión que Daniela tiene de Emma, y eso me gusta. Ella y Mar son amigas, pero no deja que eso afecte al resto de sus relaciones... ¿Cómo Daniela puede ser amiga de alguien como Mar? No lo entiendo demasiado.

Suena un móvil: es el de Daniela y contesta mientras se levanta.

—¿Mar...? Sí, sí, dime...

Se va hacia otro lado para hablar y veo que Beatriz pone los ojos en blanco. Me sale una risilla y ella me mira seria hasta que se echa a reír.

—Sin comentarios —me dice.

—Sí, mejor.

Creo que pensamos lo mismo sobre Daniela y Mar.

—¿Y qué tal las clases de Alemán? —pregunta de repente Aarón.

Iván y yo miramos a Beatriz porque imaginamos que se lo pregunta a ella.

—Nos han cambiado al profesor, así que mucho mejor. La otra profesora no valía nada y nos quejamos —nos explica.

—A veces quejarse funciona —dice él.

—Solo a veces —suelto yo con ironía pensando en Mar.

Beatriz me mira y asiente con la cabeza.

—Es curioso que a las más cabronas no les suele pasar nada —me dice sin cortarse un pelo.

—Yo no lo entiendo, pero...

Me callo al notar la presencia de alguien a mi espalda. Puede ser Daniela y paso de criticar a su amiga delante de ella. Tampoco es plan.

—Hola, chicos...

Me vuelvo a mirar a Emma. Lleva el pelo recogido en una coleta muy tirante, tiene el rostro igual de sonrojado que Daniela y va con ropa deportiva sudada y pegada al cuerpo.

—Hola, Emma —la saludamos todos casi al mismo tiempo.

—Me ducho en cinco minutos y me siento con vosotros —nos dice a todos, pero mirando a Beatriz.

—Te esperamos —le responde esta sonriendo.

Emma se va y la sigo con la mirada. Me gusta su forma de andar, sus piernas largas y cómo se mueve su coleta. ¿Me gusta todo de ella? Sí, probablemente. Y también me gustaría coger de nuevo su cara y darle otro beso, pero ahora mismo no es un buen momento. Lo sé.

—Tete, que la vas a gastar —dice Iván.

Cuando me doy cuenta de que me lo dice a mí, me vuelvo y me quedo mirándolos como si saliera de un largo trance.

Joder, Emma me hace soñar despierto.

—¿Tanto te gusta? —me pregunta Beatriz sin anestesia.

La miro sorprendido y durante un par de segundos no sé qué responderle:

¿«Me gusta mucho, pero no quiero perder la cabeza por ella»?

¿«No es que me guste, es que me encanta todo de ella»?

¿«Bueno, me gusta, pero tampoco te creas...»?

¿Para qué mentir?

—Sí.

—Ajá.

—¿Qué? —le preguntó.

—Nada.

—Ya, nada.

—Exacto, yo no voy a decir nada.

La creo. No sé por qué, pero me parece que Beatriz es de fiar, a pesar de que tiene dos años menos, a pesar de que es muy amiga de Emma y a pesar de que me mira con una sonrisilla que me hace sonreír a mí también.

Ay, Emma, me llevas un poco de culo.

También lo sé.

CAPÍTULO 15
Emma

Odio que Kaiden me haya visto con estas pintas, pero vengo de entrenar duro, así que imagino que entiende que es normal que mi cara parezca un tomate y que la ropa sudada se me pegue al cuerpo. Por suerte, mi pelo sigue impecable porque Daniela me ha enseñado a hacerme el *clean look*. Es tan maja que cada vez me cuesta más entender que vaya con Mar y su séquito de amigas. Bueno, si lo pienso bien, yo misma he visto cómo Mar se convierte en otra persona totalmente distinta cuando está con Daniela, así que no me debería extrañar tanto. Pero, después de tantos años..., ¿no debería haber visto algo Daniela?

Antes de salir de la ducha me envuelvo con la toalla y entonces veo a Mar con la espalda apoyada en la puerta y mi ropa en las manos.

—¿Dónde compras la ropa? ¿En Cáritas?

—En Cáritas no se compra ropa.

—Entonces te la regalan.

Alza la mano con la ropa justo encima de un charquito de agua que hay en el suelo. Va a dejarla caer para que se moje. Genial.

—Ni se te ocurra —le digo en serio.

—¿O qué?

Mil respuestas pasan por mi cabeza, pero al final me sale la más arriesgada.

—Tendré que buscar a Diego para que me consuele.

Mar abre los ojos muy asombrada y yo espero su reacción. Probablemente, me va a mojar la ropa, pero también me aseguro de joderla a ella.

—Eres una zorra —me dice muy cabreada.

—Ponme a prueba —la provoco.

Dudo que funcione, pero ya no tengo nada que perder. Me vestiré de nuevo con la ropa sudada y me iré a casa pitando.

Mar baja un palmo su mano y nos miramos retándonos.

—Diego, cariño, Mar me ha mojado toda la ropa en el vestuario. ¿Puedes dejarme tu sudadera?

Mi tono es aniñado y de lo más irónico, pero ella se queda clavada y no mueve ni una pestaña. Se le van a secar los ojos si sigue sin parpadear de ese modo.

—Seguro que lleva la Nike de color negro...

Lanza mi ropa al banco y respiro hondo disimuladamente al ver que no ha caído ninguna pieza al charco de agua.

—Eres muy gilipollas, Emma.

—Te dije que me dejaras en paz.

—Cuando tú dejes en paz a Diego.

Niego con la cabeza porque no sirve de nada hablar con ella: Diego y ella no están juntos, pero Mar no lo entiende así. Ahora volvemos a ser amigos y no pienso renunciar a hablar con él por ella. No tiene sentido.

—Diego y yo somos amigos y compañeros de clase. ¿Qué es lo que no captas?

Me mira aún más enfadada. Imagino que no se esperaba que le plantara cara, pero es que ya me he cansado de ella. No quiero estar todo el año así, no quiero que piense que puede conmigo.

—A ti te gusta.

Está intentando sacarme información, pero no le voy a dar el gusto.

—A quien sí le gusta es a ti, así que céntrate en él y no en mí. Puteándome a mí no lo vas a conseguir, eso seguro.

—¿Vas a darme lecciones de amor ahora?

—Ni mucho menos, Mar, estoy segura de que sabes mucho más que yo.

—Eso no lo dudes, guapa.

Oímos unos golpes en la puerta

—¿Emma?

Es Beatriz, que habrá visto que tardo demasiado en ducharme.

—Tu amiguita te va a salvar.

—¿De qué? —le replico con una rapidez que la deja sin palabras.

Me mira con desprecio y se gira veloz hacia la puerta. Sale dando un golpe en el hombro a Beatriz, quien me mira sorprendida.

—¿Qué ha pasado? —pregunta.

—Nada, quería tirarme la ropa al suelo para que se mojara, pero he desviado su atención y la he cabreado un poco.

—¿En serio? ¿Qué le has dicho? —me pregunta riendo por lo bajo.

—Que le pediría a Diego su sudadera...

Beatriz suelta una buena carcajada y yo sonrío, pero es una pena que esa chica tenga que venir aquí a fastidiarme porque le mola un tío. Me visto rápidamente y salimos comentando la jugada. Beatriz me explica que Kaiden quería ir a las duchas de chicas para ver si yo estaba bien, pero ella le ha dicho que ni hablar. Solo imaginándolo entrando en el vestuario ya me sonrojo. ¡Qué corte...!

Nos sentamos en la mesa, pero Kaiden no está.

—¿Todo bien? —me pregunta Aarón.

—¿Una Coca-Cola?

Me vuelvo hacia Kaiden, que me deja la bebida enfrente con una de sus bonitas sonrisas.

—Gracias —le digo sorprendida.

Vaya, qué detallista..., y eso que estamos mosqueados.

—Eh, todo bien —digo mirando de nuevo a Aarón.

—Has tardado... —dice Iván mirándome como intuyera que estoy ocultando información.

Todos lo saben, así que es una tontería no contarles lo que acaba de pasar.

—Mar ha venido al vestuario para decirme otra vez lo mismo: que deje a Diego.

—¿Te ha hecho algo? —pregunta Kaiden con gravedad.

—Quería tirarme la ropa al suelo mojado, pero he conseguido que no lo hiciera.

Los tres chicos asienten con la cabeza y esperan a que diga algo más, pero no quiero seguir hablando del tema.

—¿Mañana partido? —les pregunto.

—Eh..., sí, sí, y tú y Daniela tenéis competición. Os vendremos a ver, ¿no? —pregunta Aarón a sus dos amigos.

—Sí, claro, tete, eso no nos lo perdemos —le responde Iván con un entusiasmo que nos hace reír.

Este chico es de lo más gracioso.

—¿Nerviosa? —me pregunta Kaiden.

Nos miramos fijamente hasta que nos damos cuenta de que no estamos solos.

—No, nerviosa no. Me gusta competir.

—Le encanta competir —asegura Beatriz provocando nuestras risas—. Está un poco chalada, la verdad. Daniela está histérica y ella tan tranquila.

—Bueno, es cuando puedes demostrar todo lo que has currado —dice Iván.

—Sí, eso es verdad —comenta Kaiden.

—Hola de nuevo, chicos, ¿habéis visto a Mar?

Todos nos volvemos hacia Daniela.

—Estaba por aquí hace un rato —le digo yo sin ganas de darle más detalles.

—¿Qué pasa? —le pregunta Beatriz.

—No, nada —dice mientras se sienta de nuevo con nosotros—, que me ha llamado para que fuese a buscarla en el campo tres, pero he ido allí y no estaba...

Claro que no estaba, porque se encontraba en mi vestuario para darme por culo una vez más.

—Quizá ha venido hacia aquí por otro camino —le digo yo antes de que los demás le expliquen algo de lo sucedido.

—No sé, quizá... —responde Daniela encogiéndose de hombros.

Beatriz se vuelve hacia mí y yo la miro alzando las cejas. Me entiende de inmediato. Es algo que me encanta de ella: que podamos comunicarnos sin palabras.

—En fin, ¿de qué hablabais? —pregunta Daniela.

—De vuestra competición de mañana. Emma tiene ganas —le responde Aarón.

Beatriz lo mira y veo cómo le da un buen repaso en pocos segundos. Me aguanto la risa. Creo que le gusta mucho más de lo que ella cree. ¿Me pasará a mí lo mismo con Kaiden? Tengo ganas de mirarlo a cada rato, pero no quiero que crea que ya he olvidado su chivatazo.

—Por eso Manu está encantado contigo —me dice Daniela—. Sois iguales.

Sonrío. Es verdad que a Manu y a mí nos motiva competir.

—¿Alguien habla de mí?

Manu aparece de repente y se coloca a mi lado.

—¿Está preparada mi chica cohete?

Me estira del pelo con suavidad y yo me río.

—¿Tu chica? —le pregunta Beatriz con descaro.

—A ver, es una manera de hablar, señorita... ¿Cómo te llamas?

—Qué idiota eres, Manu —le suelta mi amiga riendo.

La verdad es que Manu cuando quiere es muy payaso; no entiendo por qué al principio me pareció tan serio y borde. Es como si ese chico no hubiera existido nunca.

—Sois vosotras que me alteráis las hormonas. Es que vaya tres...

Silba mirándonos con picardía y nos hace reír de nuevo.

—En eso te doy la razón —suelta Aarón de repente, y nosotras nos reímos con más ganas.

De reojo veo que Kaiden sonríe.

—¿Te paso a buscar? —me pregunta entonces Manu—. En moto.

—Gracias, pero iré con Beatriz.

—¿Prefieres a esa chica que a mí? —dice bromeando.

—Pues sí —contesto siguiéndole el juego.

Manu mira a mi amiga unos segundos y entonces suelta un «Yo también la preferiría» que nos hace reír a todos de nuevo.

Seguimos charlando un rato más hasta que veo la hora que es. Joder, me va a caer una buena bronca: voy a llegar tarde a casa otra vez. Curiosamente, todos deciden marcharse y vamos juntos hacia la salida del campo de fútbol. Kaiden se coloca a mi lado y andamos en silencio hasta que sus dedos tocan los míos. Observo su mano y veo que no es casualidad, que está entrelazando sus dedos con los míos. Lo hace con disimulo y creo que nadie nos ve, aunque me da igual. No puedo separar mi mano de la suya a pesar de todo lo que ha pasado: me gusta demasiado sentir el contacto de su piel. Sigo enfadada, pero puedo hacer una breve pausa para disfrutar este ratito.

Cuando nos separamos, nos miramos con intensidad y me guiña un ojo. Le sonrío sin decirle nada y me voy tras lanzar un suspiro.

Empiezo a pensar que estoy muy pillada, real.

CAPÍTULO 16
Kaiden

A veces es mejor pedir perdón con un gesto que con palabras. Sé que Emma sigue enfadada conmigo, pero creo que no es rencorosa y que al final terminará perdonándome. Quería decirle que he hablado con Mar para que no haya más malentendidos, aunque no he encontrado el momento de estar a solas, así que le escribo un mensaje. Quizá debería dejar el tema, pero prefiero que lo sepa todo. Solo espero que no vuelva a enfadarse.

Kaiden:
He hablado con Mar para decirle que fui yo el que habló con los profesores.

Emma:
¿Cuándo?

Kaiden:
Hace un rato, en el campo de fútbol.

Emma:

Te habrá dicho de todo.

Kaiden:

Ya te lo puedes imaginar.
Pero es que está segura de que no
hace nada malo. No lo entiendo.

Emma:

Ya, está como obsesionada.

Kaiden:

Mucho.

Emma:

Entiendo que te mole
alguien, pero ¿llegar a
esos niveles...?

Kaiden:

Da *cringe*, la verdad.

Emma:

Literal.

Bueno, creo que su enfado ha bajado de nivel, así que aprovecho para preguntarle algo más íntimo.

Kaiden:

¿Puedo preguntarte una cosa?

Emma:

Sí, claro.

Kaiden:

¿Sigues enfadada?

Emma:

Mmm...

Kaiden:

¿Eso es un no?

Emma:

Eso es un poco. Entiendo tu postura también, pero me hubiera gustado que me lo hubieses comentado antes.

Kaiden:

Diré a mi favor que no lo pensé demasiado. Actué sin más.

Emma:

Muy propio del sexo masculino.

Kaiden:
¿Me estás llamando troglodita?

Emma:
Tal vez.

Kaiden:
Jajaja, voy a tomármelo a broma.

Emma:
No es broma.

Kaiden:
¿No lo es?

Emma:
Jajaja, has picado, listillo.

Kaiden:
Si te tuviera delante ahora mismo...

Dios, probablemente me la comería a besos.

Emma:
¿Qué?

Kaiden:

Mejor te lo digo cuando nos veamos.

Emma tarda en responder y me muevo nervioso.

Emma:

Mañana te veo, iremos a ver cómo jugáis.

Kaiden:

Qué presión. Espero no caerme en medio del campo.

Emma:

Jajaja, yo también lo espero, no podría dejar de reír.

Kaiden:

Joder, qué mala eres.

Emma:

Solo un poquito.

Buf, me imagino que dice eso mordiéndose los labios y siento un calor repentino.

Kaiden:

Emma... Emma...

Emma:

Jajaja, te dejo, que entro en casa y me va a caer una buena por llegar tarde.

Kaiden:

Si te agobian mucho, ya sabes dónde estoy.

Emma:

Gracias, Kaiden.

Kaiden:

De nada, Emma.

Veo que deja de estar en línea y suspiro. Esta chica me provoca demasiadas sensaciones, pero estoy contento, creo que se le está pasando el mosqueo y que me estoy acercando a ella de nuevo. Está claro que me gusta mucho, porque con otra chica no hubiera insistido tanto. Habría pasado mucho más, porque sigo convencido de que no actué mal.

—¡Kaiden!

Estoy a punto de entrar en el portal, pero el grito de mi padre me frena. Viene con Amaya, la vecina. No me cae bien. Odio ver cómo lo mira, parece que quiere meterse en su cama en cualquier momento. Pero se han hecho muy amigos y, por lo visto, a mi madre parece no importarle demasiado.

—Hola, Kaiden —me dice Amaya.

—Hola —contesto en un tono seco.

Mi padre me mira serio en plan «deberías ser más simpático», pero no me da la gana. Esa mujer no me gusta; creo que solo nos va a traer problemas. Estoy seguro de que le gusta mi padre, a pesar de que tiene marido, y de que busca algo más que al final va a encontrar.

—¿Ya has hecho los deberes? —dice mientras entramos en el ascensor, como si esa fuese una pregunta que me hiciera habitualmente.

—¿Por qué me preguntas eso?

No voy a seguirle el rollo.

—Eh..., Kaiden, no respondas tonterías. ¿Los has hecho?

Me mira fijamente y con ganas de gritarme, lo noto, pero se controla por la vecina.

—Claro, claro —le respondo con una ironía que él ignora cuando la vecina le habla.

—Vamos, deja al chico. Es viernes. Tiene tiempo durante el fin de semana para hacer los deberes, ¿verdad, Kaiden?

La miro y asiento con la cabeza, pero lo que le diría es que se metiera en sus cosas y que dejara en paz a mi padre. Y no por él, porque él me da igual, pero no quiero que mi madre lo acabe pasando mal. Aunque, si lo pienso en frío, es lo mejor que le podría pasar...

El ascensor se para en el tercer piso y salen los dos.

—Ahora subo, Amaya tiene que enseñarme una cosa.

Sí, claro, y yo me chupo el dedo.

Entro en casa rabioso porque odio que mi padre siempre me esté dando lecciones de cómo comportarme cuando él..., cuando él es una puta rata. En ese momento me suena el móvil y veo su nombre en la pantalla. ¿Qué cojones querrá ahora?

—Kaiden.

Su tono es grave y desagradable.

—¿Qué pasa?

—No le digas a tu madre que estoy en casa de los vecinos.

¿En serio me está pidiendo eso? ¿Con toda su cara?

—¿Por?

A ver qué se inventa.

—A ti ni te va ni te viene. Haz lo que te digo y punto.

Como siempre, todo se tiene que hacer como él diga y ordene. Sin preguntar.

—Voy a tomar algo con ellos y ahora subo —añade antes de colgar.

Miro el móvil, incrédulo. ¿Se cree que tengo cinco años? ¿Tomar algo? El marido de Amaya es taxista y trabaja de noche, así que dudo que esté ahora en su casa.

—Menudo gilipollas...

—¿Kaiden? No te he oído llegar. ¿Todo bien?

Me vuelvo hacia mi madre, y de repente veo a otra persona muy distinta: una mujer a la que engañan y mienten. Una mujer que, aunque vive con su marido, está sola. Una mujer que probablemente mira hacia otro lado para no ver la realidad. Dudo que ella no se dé cuenta de lo *miérder* que es mi padre.

—Todo bien, mamá. ¿Te ayudo a hacer la cena?

—Vaya, no querrás aprender a cocinar para impresionar a alguna chica, ¿verdad?

—¡¿Qué dices, mamá...?!

Nos reímos mientras vamos hacia la cocina y por un momento consigo olvidar a mi padre.

CAPÍTULO 17
Emma

—¡Emma! ¿Por qué vienes tan tarde?

Mañana quiero ir a ver el partido de los chicos, así que me conviene estar callada.

—Es que, como tenemos competición, nos hemos alargado un poco con el entrenamiento.

Realmente solo he estado con mis amigos una media hora de más, lo justo para no llegar a la hora a casa. Pero es que me apetecía mucho sentarme con ellos un rato.

Y ver a Kaiden, eso también.

—Ah, sí. Que mañana tenéis carreras..., pero no me gusta que te retrases.

—Lo siento, mamá, pero lo de mañana es importante. Corremos contra un club muy potente y todos queremos ganar.

—Si eso me parece muy bien, pero debes entender que yo me preocupo.

—Por eso mismo nada más terminar te he enviado un wasap.

No quiero decirle que podría haber mirado la aplicación esa para ver por dónde ando porque no quiero que lo haga de forma habitual. Quedamos en que eso era solo para casos urgentes y llegar media hora tarde no lo es. Mi madre ya sabe que de vez en cuando me retraso un poco, pero aun así sigue echándome la bronca. A veces no lo hago queriendo, se me va la hora, aunque hoy sí que era plenamente consciente de que me estaba pasando. Es que encuentro que es absurdo que me marque una hora cuando pueden pasar mil cosas que no me dejen cumplir ese horario: que me encuentre a alguna amiga, que me entretenga mirando escaparates o que me cruce con el chico de mis sueños... ¿Quién sabe?

—Bueno, procura que no sea algo frecuente, Emma.

—No, mamá.

—Es que si en esta casa hacemos todos lo que queremos vamos mal, ¿sabes?

Creo que mi madre quiere que salte, pero no lo voy a hacer porque no quiero que me castigue. No pienso perderme el partido de fútbol de mañana de los chicos. Tengo muchas ganas de ver a Kaiden en acción. Además, si no fuera, podría pensar que paso de él y no es así. Para nada.

—Sí, mamá.

—¿Lo dices por decir?

—No, no. Pero he llegado tarde por culpa del entreno. En serio.

—Bueno, vamos a dejarlo. ¿Pones la mesa?

Respiro más tranquila. Otra batalla pasada. En ocasiones pienso que me gustaría tener ya veinte años para poder hacer lo que me dé la gana, aunque mi hermano Nico también obedece a mis padres porque vive bajo su mismo techo. Supongo que hasta que no me independice no podré hacer realmente lo que quiera, pero ahora mismo veo esa situación tan lejos que no vale la pena soñar demasiado.

—Iremos a verte —suelta mi madre mientras cojo los vasos del armario.

La miro alzando ambas cejas.

—No hace falta...

—Parece importante, ¿no?

—¿Qué es importante? —Mi padre entra en la cocina y le da un beso a mi madre en la mejilla.

—Emma tiene una competición mañana.

—Ah, pues vamos a animarla, ¿no?

¿En serio? Me quiero morir.

—No sé si los demás padres van...

—A nosotros no nos importan los demás, no te preocupes —me dice mi padre—, me apetece mucho verte.

—Sí, a mí también.

Ambos me miran con orgullo y yo asiento con la cabeza. Solo espero que no empiecen a gritar mi nombre allí en medio de mis compañeros.

¡Qué *cringe*!

Estamos todos concentrados escuchando a nuestro entrenador. En cinco minutos empiezan las pruebas y parece que ha venido media ciudad a vernos porque las gradas están llenas. He reconocido algunas caras de nuestros compañeros, pero no he visto ni a Kaiden ni a Aarón ni a Iván. Tal vez no han podido venir.

—No quiero asustarte, pero en los cien metros hay un hueso duro de roer —me informa Manu.

Lo miro fijamente.

—Blanca Milán es bastante rápida y suele ganar, aunque tú podrías superarla. Tus marcas son muy buenas.

—Entonces a por ella —le digo en serio.

—Si ganas, te invito a merendar.

Lo miro sorprendida, pero al momento veo que no lo dice en plan cita.

—A un sitio barato, no te creas.

Nos reímos y seguimos calentando en silencio. En nada le toca empezar a Manu. Se pone una cinta negra en el pelo para que no le moleste en la cara.

—Sin comentarios —me dice con ironía.

—Pues te queda bien.

—Mañana me compro una de color rosa.

Me río y él me sonríe.

—Manu, a la pista —le ordena el entrenador.

—*Good luck* —le digo a Manu.

—*Thank you.*

Veo cómo se coloca en la salida y analizo su cara de concentración. Sonrío. Nos parecemos mucho. Los dos nos tomamos muy en serio una carrera. ¿Somos demasiado competitivos? No, creo que es bueno querer superarme, aunque si pierdo tampoco pasa nada. No se acaba el mundo.

Cuando se oye el disparo del juez, empieza la carrera. Manu hace una muy buena salida, es fundamental reaccionar con rapidez. Acelera al máximo y llega el segundo en una carrera muy reñida. El primero es de los Plenium, como era de esperar.

Manu sigue corriendo un poco más hasta que frena cerca del entrenador. Fede le da unas indicaciones y él asiente con la cabeza. Le golpea la espalda un par de veces y le sonríe. Lo está felicitando porque ha conseguido un segundo puesto, aunque la filosofía de nuestro entrenador no es conseguir medallas, sino superarnos un poquito cada día a nosotros mismos.

—Emma, a la pista —me dice desde lejos.

—Vamos allá —me digo a mí misma.

—A por todas, Emma —me grita Daniela desde otro lado de la pista.

Le sonrío y alzo mi dedo pulgar.

Cuando voy hacia la pista, echo un vistazo a las gradas. Mis padres están allí y me miran expectantes. Les sonrío y mi madre me saluda con entusiasmo. A la izquierda veo unos brazos que se agitan al aire. Es Aarón, que me saluda, y a su lado están Iván y Kaiden. Nuestros ojos se enredan en una larga mirada. Me sonríe y le devuelvo el gesto. No hace falta decir nada más. Me gusta que esté ahí, me motiva más a querer ganar.

Me coloco en los tacos y no miro a ninguna de mis compañeras. Tengo que estar pendiente de lo mío, no de los demás. Cojo aire con fuerza y lo suelto despacio.

Vale, estoy preparada.

Cuando dan la señal, salgo disparada y solo pienso en correr más y más. Todo lo que puedo. Mi cuerpo va solo y toda mi energía está puesta en él. Mi cerebro queda en un segundo plano, nada puede distraerme, sino puedo perder milésimas de segundo muy valiosas. Son solo cien metros.

Siento que hay alguien a mi lado corriendo a la misma velocidad y me obligo a forzar un poco más mis piernas. Creo que me estoy superando en mis zancadas y estoy en lo máximo de mi velocidad.

Llego a la meta y sé que soy la primera. Mi rival ha llegado después de mí.

Doy unas cuantas zancadas más hasta que voy bajando la velocidad y llego donde está Fede.

—Dios, Emma, ¿qué ha sido esto? —me dice con entusiasmo.

Respiro con esfuerzo y sonrío sin responder. Ahora mismo no puedo hablar con normalidad.

—La madre que me parió, Emma —dice Manu acercándose también.

Me coge en brazos y me da una vuelta con él.

Me río, pero necesito bajar porque he de recuperar el aliento.

—Manu, déjala.

—Perdón, perdón. ¡Es que ha sido flipante!

—Has hecho tu mejor marca, felicidades —me dice Fede—. Camina una poco más y recupera el ritmo.

—Vale.

Hago lo que me dice el entrenador y al regresar hacia donde están mis compañeros oigo que gritan mi nombre.

—¡¡¡Emma!!! ¡Eres la mejor!

Me vuelvo para mirar hacia las gradas: es Beatriz, que está junto a Kaiden y los demás con un par de compañeras más. Me río y le hago un corazón con los dedos de las manos que ella me devuelve.

Entonces miro a Kaiden y de repente él, Aarón e Iván se levantan, alzan los pulgares de ambas manos y hacen una especie de baile moviendo los hombros. ¡No puedo creerlo! Suelto una buena carcajada que me sigue hasta que me reúno con mis compañeros. ¿Están chalados? Lo están. ¿Lo habrán ensayado? Tengo que preguntárselo...

Mis compañeros me felicitan y les doy las gracias. Me hace mucha ilusión haber empezado con tan buen pie en el club. Ganar el oro siempre está muy bien.

Somos ocho clubes los que competimos, así que no es nada fácil, pero conseguimos llevarnos alguna medalla más. La carrera de media distancia la corre Daniela y queda la tercera, así que estamos todos supercontentos.

Al salir de allí, mis padres me esperan con los brazos abiertos. Me besuquean, me felicitan y me abrazan con alegría. Les pido si puedo quedarme un rato con mis amigos y ceden sin rechistar porque están demasiado contentos. Quizá debería ganar una medalla cada día...

Tras la ducha nos reunimos todos en el bar y Fede nos invita a un refresco para celebrarlo. Estamos muy excitados y parlanchines. Beatriz se ha unido a nosotros y no dejamos de comentar las distintas carreras que se han disputado.

—Por cierto, te debo una buena merienda —me dice Manu.

—Creo que sí —le respondo.

—¿Esta tarde?

—Vamos a ver el partido de fútbol...

—Es verdad, que hoy tienen partido. ¿Mañana?

—Hecho. Te aviso que tengo mucho saque.

—¿Tanto?

—Vas a flipar.

Nos reímos los dos por mi tono y entonces veo a Kaiden con varios amigos que se acercan. Nos felicitan a todos y se sientan en otra mesa.

Kaiden me mira y yo hago lo mismo.

Bufff, es que me gusta *too much*.

Me indica con la cabeza hacia la derecha y seguidamente se levanta. ¿Quiere que lo siga? Joder, ¿y si nos ve la gente?

Bah, qué más da.

—Ya vengo —le digo con rapidez a Beatriz.

Sigo a Kaiden hasta girar la esquina. Está allí esperándome con los brazos cruzados.

—Hola —me dice con suavidad.

—Hola...

CAPÍTULO 18
Kaiden

—Enhorabuena —le digo a ella con una sonrisa de medio lado.

No quiero mirarla como un tío muy pillado, pero me cuesta hacerlo de otro modo.

—Gracias. Creo que verte en las gradas me ha dado más fuerza.

—¿En serio?

—No —responde con rapidez, y los dos nos echamos a reír con ganas—. Bueno, esta tarde te toca a ti.

—¿Vendrás?

—Por supuesto, tengo ganas de verte jugar.

—Espero no decepcionarte.

—Dudo que eso pueda pasar.

Nos miramos fijamente y siento que me muero por besarla, pero no quiero hacerlo. Entre nosotros las cosas aún están un poco tensas por lo de Mar.

—Tú debes de estar orgullosa —le digo mirando hacia otro lado para cortar ese magnetismo.

—No me quejo...

—No seas modesta. Has estado... increíble.

La verdad es que le diría que ha sido la hostia verla correr, pero no quiero pasarme.

—Ya me lo dijo Daniela —añado asintiendo con la cabeza.

—¿Qué te dijo?

Miro sus ojos penetrantes de nuevo; tengo que concentrarme en lo que estamos hablando para no perderme en ellos.

—Que eres muy buena. Manu te llama la Cohete...

Suelta una risilla que rompe esa mirada.

—Manu es un exagerado.

—Creo que no, parecías una bala corriendo.

—Vale, deja ya de hablar de mí así, que me vas a poner roja.

—Hablar de ti es interesante —le digo con la voz un poco más ronca.

Veo que sus mejillas suben un poco de color y sonrío. Me gusta ponerla nerviosa. Es una chica segura, pero cuando está conmigo sale a relucir una timidez que me encanta. Ahora sería el momento de acercarme un poco más a ella y besar esos labios que me tienen loco, pero voy a ser prudente. Emma no es solo un rollo, a pesar de que mi cabeza me repita que no quiero nada serio con ella.

Mis ojos se van directos a sus labios.

Joder...

—Esto... Nos vemos esta tarde, entonces.

Me he quedado en blanco como un auténtico pardillo. Es lo que pasa cuando alguien te mola demasiado.

—Sí, claro.

—Bien.

—Bien.

Nos volvemos a reír porque parece que no sabemos qué más decir.

—Pues me voy —me dice ella señalando con el pulgar hacia nuestros amigos.

Asiento con la cabeza y nos sonreímos.

Cuando da un paso para irse, pienso que no puedo dejar que se marche así sin más. Cojo su brazo y detengo su movimiento. Emma se vuelve y me mira con gesto interrogante.

No quiero meter la pata, pero lo necesito.

La acerco a mi cuerpo con suavidad y ella se deja, imagino que porque no se lo espera.

Estamos tan juntos que casi me duele no besarla, en serio.

—Emma...

—¿Qué?

Los dos hablamos en un tono bajo, como si alguien pudiera oírnos.

—Necesito mucho besarte otra vez, pero me voy a aguantar.

—Ya...

—Pero no sé cuánto más podré hacerlo.

Siento nuestros corazones acelerados y me pregunto por qué no soy un poco más cabrón.

—Así que espero que me perdones pronto.

—Estás perdonado.

Lo dice tan rápido que me hace sonreír.

—Genial.

—Sí.

—Entonces...

Emma se acerca a mis labios y me habla casi encima.

—Entonces quizá a la próxima.

Dios, sabe cómo volverme loco. Lo sabe perfectamente. ¿Quién es? ¿La jodida diosa del amor? Porque si me ha perdonado podría besarla, ¿no?

Vale, voy a aceptar el reto.

—A la próxima —le gruño en sus labios del mismo modo.

Se separa de mí y nos miramos a los ojos como si no hubiera nada más en el mundo.

—Me vas a volver loco.

Ella me sonríe con descaro y se marcha dejando una nube del perfume que usa a mi alrededor. Me paso las manos por el pelo y suspiro fuerte. Iván me diría que me tiene pillado por los huevos y Aarón que ya puedo empezar a escribir poemas de amor. Sonrío al pensar en ellos, realmente esto no está yendo como esperaba, pero no voy a darle más vueltas.

—¡Chicos! A darlo todo —nos indica el entrenador antes de salir al campo.

—Por mi madre que voy a meter cinco goles —dice nuestro mejor delantero.

Sonrío al escucharlo. Muchos de los padres vienen a ver los partidos de sus hijos, no es mi caso. Mi madre aprovecha los sábados por la tarde para visitar a mis abuelos por si necesitan algo y mi padre no está por la labor. Prefiere quedarse en casa o estar con sus amigos.

Cuando era un enano, siempre me llevaba de un lado a otro y no se perdía ni un partido, pero ya hace unos tres años que no aparece por ningún estadio. Al principio me dolió, claro. Llegué a pensar que era culpa mía, que no jugaba bien y que por eso pasaba de verme. Pero, cuando el entrenador me dijo que aquel año estaba haciéndolo mejor que nunca, supe que la razón no era mi juego, sino que mi padre había comenzado a pasar de mí. ¿Por qué? Aún no lo sé.

Mi madre siempre me pregunta cómo me ha ido, pero él apenas me mira. Ahora yo también paso de él; uno al final se acostumbra a todo, pero eso no significa que en algunos momentos me escuezan ciertas cosas. Como ver a mis compañeros acompañados de sus padres en el campo.

Y yo solo.

Siempre solo.

Tengo suerte de tener a mi lado a Aarón, que sin decirme nada me presta a su familia en todo momento.

Voy con ellos en el coche cuando jugamos fuera.

Como con ellos cuando terminamos muy tarde los partidos.

Soy como un hijo más en todos esos momentos. Incluso el padre de Aarón me comenta algunas jugadas que he hecho para corregirme o para felicitarme. Y su madre siempre está pendiente de si necesito algo: «¿Quieres un bocadillo? ¿Tienes frío?». Es un encanto de mujer.

También nos acompaña su hermana, Ana, que tiene un año menos. Es una tía muy independiente, que va mucho a su rollo y pasa bastante de nosotros dos. En el instituto apenas la vemos, estudia mucho, y hasta ahora no le ha gustado mezclarse demasiado con los chicos. Este año la he visto un par de veces hablando con uno de segundo de Bachillerato, algo que no le he dicho a Aarón porque no me gusta el chisme. Bastante tengo con lo mío y Aarón con lo suyo. Además, ese tío de Bachillerato es majo, así que me quedo tranquilo. No voy a decir que Ana sea como una hermana para mí, porque no sería verdad, ya que, a pesar de que la veo a menudo, no nos tratamos demasiado, por eso mismo me sorprende cuando al salir al campo oigo que grita mi nombre junto al de su hermano.

—¡Vamooos, Aarón! ¡Kaiden, a por ellos!

La miramos y la saludamos con una sonrisa. A su lado está su amigo de Bachillerato, Aleix, y Aarón me mira frunciendo el ceño. Está con más gente, pero ellos dos están sentados como muy pegados...

—Vamos, Aarón, que Ana ya tiene quince años.

—Solo quince.

—Bro, no seas tan protector. Tu hermana no es tonta.

—Lo sé.

—Centrémonos, chicos —nos pide el entrenador mientras nos posicionamos.

No me da tiempo de buscar a Emma porque en ese momento el árbitro indica con el silbato que comienza el partido. El otro equipo empieza fuerte y me pego unas buenas carreras para evitar que nos metan un gol. Al final logran hacerlo y los ánimos de mi equipo decaen porque estamos jugando muy bien, pero no hay manera de que el balón entre en la portería.

—¡¡¡Vamos, chicos!!!

Esa voz es la de Emma. Me vuelvo para buscarla por uno de los laterales. Está con Beatriz, Daniela y algunos compañeros más de su clase. Cuando nuestras miradas se cruzan, se levanta y Beatriz hace lo mismo. Las dos imitan nuestro baile de esta mañana y suelto una carcajada. Oigo que Aarón también se ríe y ambos chocamos la mano para animarnos.

—A por ellos, bro —me grita.

—¡¡¡Síí!!!

Nos animamos entre todos y apretamos mucho más, lo que provoca que a los pocos minutos logremos nuestro primer gol. Justo antes de acabar la primera parte, llega el segundo y lo celebramos muy felices.

El partido ya es nuestro al marcar el tercer y cuarto gol nada más empezar la segunda parte, y cuando pitan el final, nos abrazamos todos con orgullo.

Aarón y yo miramos hacia las gradas y vemos a Emma, Beatriz y Daniela saltando de alegría. Aarón y yo les hacemos unos pasitos de samba que acaban copiando nuestros compañeros y que provocan gritos y risas de mucha gente del público. Cuando acabamos, nos abrazamos y nos vamos con una gran sonrisa hacia los vestuarios, aunque antes mi mirada y la de Emma se enredan una vez más.

Qué ojos...

CAPÍTULO 19
Emma

*B*eatriz, Daniela y yo nos pasamos el partido animando a los chicos, y cuando acaban ganando, lo celebramos como si hubiéramos ganado nosotras. Ellos nos dedican un baile de samba que nos hace reír un montón. Creo que hacía tiempo que no me divertía tanto y creo que Daniela tampoco, porque no deja de decirnos que repetirá. Mar está pasando el día fuera, y por lo que veo también sabe divertirse sin ella.

—Chicas, ¿qué tal?

Nos volvemos hacia Manu y su amigo Carlos y los saludamos con entusiasmo. Todavía estamos excitadas por el partido.

—Menudo partidazo —dice Carlos con esa voz raspa que tiene.

Daniela lo mira un poco embobada; está claro que le gusta. Él también la mira, aunque no estoy segura de qué forma. Sé que estuvieron a punto de liarse, pero que ella se echó atrás por miedo a que él quisiera ir más allá.

—Ha sido superemocionante —le responde Daniela.

—¿Verdad? —dice él mirándola directamente.

Creo que Carlos está un poco pillado por Daniela.

—¿Has visto cuando Jorge ha hecho esa jugada en la que...?

—Emma, ¿nos vemos mañana por la tarde?

Con esta pregunta, Manu deja a un lado a su amigo Carlos y a Daniela para que hablen entre ellos. ¿Lo ha hecho queriendo? Me parece que sí.

—¿Y eso? —pregunta Beatriz con interés.

—Me debe una merienda por ganar la carrera —le explico a mi amiga.

—¿Una merienda? Podrías estirarte un poco más —se queja ella, bromeando.

—Beatriz, eres demasiado exigente —le replica Manu en un tono repipi que nos hace reír.

Daniela y Carlos se han colocado a un par de pasos de nosotros y siguen charlando animados entre ellos.

—Eh, Emma, no seas chismosa —me acusa Manu en un tono bajo.

Lo miro sorprendida y al ver cómo se ríe le doy un codazo y los tres soltamos una carcajada.

—No somos chismosas, solo nos interesamos por nuestras amigas —me defiende Beatriz.

—Ya, ya —suelta Manu con ironía.

—Mirad quién viene por ahí —nos dice Beatriz volviéndose hacia el otro lado.

Me giro y veo que se acerca Diego con algunos de sus amigos. Como es habitual en él, va vestido de negro y lleva la capucha puesta de su sudadera de manga corta. Hoy hace bastante calor, pero él sigue con esa prenda de ropa.

—Hola —nos dice cuando llega, pero me mira solo a mí sin cortarse un pelo. Como si no hubiera nadie más.

Sus amigos también saludan, pero se quedan por detrás charlando entre ellos. Por lo que oigo, están comentado el partido. Como Diego sigue mirándome fijamente, empiezo a ponerme nerviosa.

—¿Todo bien? —le pregunto.

—Ahora mejor.

Joder, ¿cómo se le ocurre decir eso delante de todos?

Le sonrío porque no sé qué responderle y entonces Manu saca todo su descaro.

—¿Y por qué ahora mejor?

Diego lo mira y lo reta con la mirada.

—¿Y por qué no?

Manu le sonríe y Diego le devuelve la sonrisa. Vale, por un momento he pensado que había mal rollo, pero ya veo que no, que son igual de tontos.

—¿Qué tal vuestro partido? —le pregunto a Diego.

Sé que han jugado esta mañana en otra ciudad, cuando nosotras competíamos.

—Hemos ganado.

—Qué bien...

—Ya me han dicho que has roto la barrera del sonido —me dice Diego.

—La Coheteee —suelta Manu alzando su mano hacia el cielo.

—Anda, no exageréis. He hecho una buena carrera, nada más —digo mientras voy notando todos los ojos puestos en mí.

—Yo cambiaría ese apodo por la Bala —sugiere Beatriz.

—Mmm..., sí. La Balaaa —vuelve a decir Manu con el mismo tono, provocando nuestras risas.

—Diego, ¿nos vamos? —le dice uno de sus amigos.

—Sí, sí, vamos —responde él sin dejar de mirarme—. Nos vemos.

—Cuando quieras —le replica Manu, provocando nuestras risas de nuevo.

Diego choca la mano de Manu con una sonrisa y se aleja con sus amigos, aunque se vuelve una vez más y nuestras miradas se cruzan de nuevo.

—Creo que le gustas a alguien —dice Manu más en serio.

—Qué intuitivo —comenta Beatriz soltando una risilla.

—Dejemos el tema —les pido con los ojos en blanco.

—¿Qué tema? —pregunta Carlos de repente integrándose otra vez en nuestra conversación.

—Diego está pillado por Emma —le explica Daniela.

—¿Así que es algo que sabe todo el mundo? —dice Manu mirándome.

—Ey, ya está —les pido un poco mosqueada.

—Vale, vale. Cambio de tema. ¿Queréis venir mañana a merendar? —nos pregunta Manu a todos.

—Yo no puedo, tengo visita familiar —responde Beatriz en un tono aburrido.

—Yo sí puedo, ¿y tú? —le pregunta Carlos a Daniela.

Ella lo mira sorprendida, pero asiente con la cabeza.

—Sí, claro...

—Pues genial, ¿quedamos a las cinco en la Cafetería del Norte? —pregunta Manu.

Carlos, Daniela y yo asentimos y confirmamos que nos veremos allí. Manu y Carlos se marchan y nosotras tres los miramos pensativas. No sé ellas, pero yo creo que Manu le ha echado un guante a Carlos. Estoy segura de que está por Daniela y de que su amigo lo sabe de sobra. Pensaba que este tipo de cosas solo las hacíamos nosotras...

—Vaya, vaya... —dice Beatriz.

—¿He quedado con Carlos? —pregunta Daniela incrédula.

Mi amiga y yo nos echamos a reír.

—Creo que sí —le respondo.

—Pensaba que pasaba de mí...

—Pero ¡¿tú no ves cómo te mira?! —exclama Beatriz.

—¿Tú también te has dado cuenta? —digo casi gritando.

—¿Y quién no? —me dice.

Ambas miramos a Daniela, que está en otro mundo, imagino que analizando nuestras palabras.

—Daniela, a ese tío le molas —le digo, segura de lo que acabo de ver.

—¡Buf, qué nervios! —se sincera.

—Nuestras mejores animadoras...

Nos giramos al escuchar la voz de Aarón, que mira a Beatriz como si hubiera visto una estrella fugaz.

—Nuestros mejores jugadores —le contesta ella sin cortarse.

Ambos se sonríen y creo que incluso veo algunas chispas que saltan entre ellos. No sé por qué Beatriz no quiere ir más allá con él... Bueno, imagino que tampoco hace falta correr.

—Chicas, mañana nos reunimos en el bar del campo para celebrar nuestra victoria —nos informa Kaiden.

—¿Por la mañana? —le pregunta Daniela.

—No, no, por la mañana toca dormir —le responde Aarón.

—Vaya, por la tarde no puedo —les digo sin dar más explicaciones.

—Nosotras tampoco —dice Beatriz—. Rollos familiares, ya sabéis.

Kaiden me mira y alzo los hombros a modo de disculpa, pero no digo nada más.

—Pues a la próxima —me dice él sonriendo.

—Perfecto —le respondo.

Salimos todos juntos del campo charlando hasta que Lola se coloca delante de Kaiden y hace que se detenga. Sus amigas se quedan pululando por allí.

—Menudo partidazo, nene.

Su tono coqueto es evidente para todos, pero yo intento no hacer demasiado caso.

—Estás que te sales, ¿eh? —añade Lola.

—Hago lo que puedo —responde él.

—¿Mañana en el bar a celebrarlo? —le pregunta ella cogiéndole el brazo.

—Sí, claro, allí estaremos todos —dice Kaiden soltándose.

—A mí solo me interesa uno...

Las amigas de Lola silban y la vitorean como si hubiese dicho algo increíble.

—Tengo que irme —oímos todos que dice Kaiden a nuestra espalda.

—Mañana te doy el premio, nene...

Él nos alcanza con un par de zancadas y se coloca a mi lado. Ninguno de los dos dice nada, pero estamos incómodos, salta a la vista.

Es evidente que Lola tiene claro su objetivo, pero ¿y Kaiden? No estamos juntos, no somos pareja ni nada similar, entre nosotros hay algo que todavía no tiene una forma concreta... ¿Y si solo tontea conmigo y yo pienso que es algo más? Me besó y fue un beso de película, pero eso no significa que Kaiden esté por mí...

O solo por mí.

CAPÍTULO 20
Kaiden

Creo que tendré que hablar con Lola porque sus intenciones son demasiado evidentes y no quiero que piense que volveremos a enrollarnos.

Eso no va a pasar.

Además, sé que no voy a poder avanzar con Emma si ella cree que tengo algo con Lola. O que puedo llegar a tenerlo.

Ahora mismo estamos los dos en silencio pensando en Lola. Eso también lo sé, y es un poco molesto. Me da la impresión de que todo el mundo se mete entre nosotros dos: cuando no es Diego, es Mar, y si no, es Lola. Con sus comentarios ha provocado este silencio tirante que no sé cómo romper. A veces es mejor callar, pero me gustaría que Emma supiera que me ha encantado verla en las gradas mientras jugaba a fútbol.

—Gracias por venir —me atrevo a decirle.

—Me ha gustado verte —dice en un tono bajo.

Nos miramos con intensidad y sonreímos. Parece que todo está bien, pero sé que la sombra de Lola está rondando por ahí.

—Por cierto, ¿y tu mejor amiga? Noa, ¿no tenía que venir un fin de semana?

—Pufff, sí, pero no ha podido ser. A ver si el próximo.

—La echas de menos.

—Mucho, somos amigas desde que éramos unas enanas. Como vosotros tres. Debíais de ser monísimos.

—Imagina tres bolas juntas.

Emma suelta una carcajada y me hace reír a mí también. No lo he dicho bromeando, la verdad es que los tres éramos los típicos niños de dos años con barrigas redondas.

—Bueno, con Beatriz estás bien, ¿verdad? —le pregunto cuando dejamos de reír.

—Sí. Me cae genial. Puedo hablar de todo con ella.

—Eso es importante.

—¿Vosotros habláis de todo?

La miro sonriendo.

—De casi todo, aunque a veces también nos lo quedamos para nosotros.

—Yo no puedo hacer eso con mis amigas.

—Yo quizá tardo un par de días en explicarlo, depende.

—Mi Insta con Noa echa humo —comenta soltando una risilla.

La imagino en su cama, con el móvil en la cama y escribiendo mil mensajes a su mejor amiga.

—¿Y ella cómo está? —se lo pregunto pensando en lo poco que me molaría a mí separarme de Aarón o Iván.

Emma me mira sorprendida y seguidamente me sonríe como si hubiera visto el osito de peluche más bonito del mundo.

—Pues lo lleva como puede. Tenemos más amigas en Barcelona, claro, pero no es lo mismo.

—Qué jodido —afirmo poniéndome en la piel de Noa y de Emma.

—Sí, hemos pasado malos ratos antes de irme y después.

—Ya imagino...

—Pero seguimos siendo amigas, eso no lo cambiará la distancia ni nada.

—Ni los chicos —le digo casi sin pensar.

Emma vuelve a reírse y la miro feliz. Me gusta el sonido de su risa, cómo se le rasgan los ojos cuando ríe y cómo muestra que está a gusto conmigo sin fingir nada.

—Ni los chicos —repite negando con la cabeza.

Sin querer rozo su mano mientras andamos y ambos nos miramos. Creo que los dos hemos sentido la electricidad recorriendo nuestros dedos.

Seguimos charlando de temas más banales hasta que llegamos a su casa y nos despedimos como dos amigos.

Es lo que somos, ¿verdad?

—Ey, ¿qué pasa con Emma? —me pregunta Aarón.

—¿Cómo que qué pasa?

—Eso digo yo, ¿a qué esperas? —insiste.

—No tenemos prisa —le digo, entendiendo por dónde va.

—No, claro, hasta que pase otro por delante y se la lleve —dice Aarón.

—¿Se la lleve? —le pegunto haciéndome el tonto.

—Ya sabes a qué me refiero, Kaiden. Estás un poco lento.

—No sabía que esto era una carrera.

Oigo que Aarón resopla y entonces interviene Iván.

—Aarón, cada uno tiene su ritmo. Tú tampoco es que vayas muy acelerado con Beatriz.

—Porque ella no quiere.

—Ni un beso —le recuerda Iván.

—Acabo de decírtelo: ella es la que pone el freno.

—¿Y Emma no? —dice Iván.

—Vale, vale, tal vez tienes razón —claudica Aarón.

—Aarón, Emma no es una tía cualquiera —le digo intentando que entienda por qué no meto la primera marcha.

A mí Emma me gusta mucho y no quiero estropear lo que hay entre nosotros.

Sea lo que sea.

Prefiero tener ese poco que no tener nada.

—Vale, lo pillo —me dice Aarón pasando su brazo por mi espalda.

Sé que al final lo ha entendido y que todo lo que me dice es por mi bien, pero en una pareja son dos los que marcan los tiempos. Además, tampoco creo que lo nuestro vaya tan lento. Nos estamos conociendo y ambos estamos un poco a la expectativa. Yo tengo claro que no quiero solo un rollo con ella, pero lo que no tengo tan claro es hacia dónde nos dirigimos: ¿una amistad?, ¿una amistad especial?, ¿una amistad especial con besos incluidos?

—Y no le des tantas vueltas —me dice Aarón viendo mi expresión.

—Eso intento.

Y es verdad. Prefiero dejar que todo fluya y no forzar las situaciones, aunque me hubiera gustado que mañana Emma hubiera podido pasarse un rato por el bar para celebrar nuestra primera victoria. Es una costumbre que tenemos, siempre celebramos el primer partido que ganamos, sea el que sea.

No me ha dicho en qué está ocupada, pero imagino que será alguna reunión familiar porque a Beatriz le pasa lo mismo. Yo antes también tenía a menudo ese tipo de reuniones familiares. Cuando no íbamos a casa de unos tíos, íbamos a la de los abuelos. Pero hace un tiempo ya que dejamos de hacerlo. Imagino que mi padre no quiere ir y que mi madre siempre busca alguna excusa para negarse.

Cuando llego a casa, reina el silencio, como viene siendo habitual. Mi padre no suele estar y mi madre siempre está liada con tareas de la casa o con su trabajo en el ordenador.

Hoy no hay nadie, así que deshago la bolsa de fútbol para no oír a mi padre decir que soy un cerdo por no guardar las botas en su sitio y después me tumbo en la cama y me pongo a leer el libro del que vamos a hacer la reseña con el grupo de Insta.

—¡Kaiden!

La voz de mi padre me saca de la lectura y cierro el libro con cuidado.

Me levanto inspirando fuerte.

—Dime...

Aparece de repente delante de mí, con los ojos rojos y la mirada vidriosa.

—¿Qué haces?

—Estoy leyendo.

Mira el libro que hay en mi cama y entra en la habitación. Coge el libro por la solapa y estoy a punto de gritarle que lo va a romper, pero me muerdo la lengua.

—El libro es de la biblioteca —le digo con tiento.

Me mira retándome.

—¿Y qué? Si lo rompes, sacas dinero de tu cuenta y sin problema, ¿no?

Coge bien el libro y observo que lee el título. Eso si puede porque me parece que va algo colocado.

—¿Qué cojones es esto?

—Lo estamos leyendo varios.

—¿Es que eres de un grupo de mierdas de esas?

Prefiero no responder y me callo.

—Sí, hombre, de esos que juegan al ajedrez porque nadie quiere ir con ellos.

Menudo imbécil es mi padre.

Le explicaría que jugar al ajedrez tiene muchos beneficios, como desarrollar la creatividad o la imaginación, o como desarrollar el pensamiento crítico. Pero dudo que me entienda. Es bastante necio.

—¡Kaiden! ¡Contesta, joder!

Se está cabreando y creo que busca cualquier excusa para tocarme los huevos. La habitación está ordenada, la bolsa de fútbol en su sitio y no he dejado nada tirado por la casa. Así que le toca encontrar una excusa para meterse conmigo.

¿Por qué cojones hace eso?

—Me gusta leer, nada más.

Me mira furioso y, como ve que no le sigo el juego, acaba tirando el libro al suelo. No contento con eso lo pisa y consigue que la cubierta quede doblada. Me dan ganas de empujarlo, pero me quedo quieto. No voy a pegarme con mi padre, no quiero saber quién acabaría perdiendo.

—Menos mierdas y más estudiar —me dice mientras sale de la habitación.

—Y menos porros —suelto en un tono bajo, pero demasiado alto.

Me ha oído.

Se vuelve hacia mí como si le hubiera dicho que es un hijo de la gran puta.

—¿Qué has dicho? ¿Qué hostias has dicho, niñato?

—Nada —le digo en un tono seco.

Si quiere pelea, la tendremos.

Me mira y creo que duda unos segundos sobre qué hacer. Yo me quedo quieto, esperando que en cualquier momento se acerque para encararse conmigo.

Pero no.

—Más te vale, Kaiden. Vigila lo que dices —exclama mientras sale de mi cuarto.

Cojo el libro y veo la cubierta doblada. Me va a tocar comprar otro para la biblioteca.

No entiendo a este hombre y todavía entiendo menos que pueda ser mi padre.

CAPÍTULO 21
Emma

He decidido que voy a parar de comerme la cabeza y que voy a dejar que todo fluya. ¿Qué utilidad tiene darle vueltas a algo que no controlo? O sea, ¿de qué me sirve preguntarme constantemente si Kaiden está por otras chicas? No voy a solucionar nada haciéndolo, solo me amargo más, y paso. Además, no quiero que todo mi mundo gire en torno a él. Noa y yo nos hemos repetido mil veces que queremos ser chicas independientes y que no queremos que nuestra felicidad dependa de ningún tío.

Aunque a veces es difícil...

Emma:
¿Y si solo está pasando el rato conmigo?

Noa:
Hubiera intentado enrollarse en cada ocasión.

Emma:

¿Tú crees? Quizá le gusta alargar la agonía.

Noa:

Lo dudo, ellos siempre van a saco cuando les interesa.

Emma:

No sé...

Noa:

Necesito conocerlo.

Emma:

Y yo necesito verte yaaa.

Noa:

¡Yo también!

Buf, literal que sí. La echo demasiado de menos y, a pesar de que nos podemos comunicar en cualquier momento, a menudo siento que me falta. No es lo mismo hablar por el móvil que tenerla a mi lado.

—Emma, nos vamos —me dice mi madre asomándose a mi habitación.

Estoy acabando los deberes antes de irme a merendar con Manu, Daniela y Carlos.

—Vale.

—No llegues tarde, mañana es lunes —me avisa.

—Sí, mamá.

—¿Con quién has dicho que vas?

—Con Daniela. Vamos a dar un paseo.

—Vale. Si hay algo, me llamas.

—Sí, mamá...

Paso de decirle que también voy con dos chicos porque entonces el interrogatorio puede durar media tarde: «¿De qué los conoces? ¿Son mayores? ¿Por qué vais juntos?».

Cuando se van, termino los deberes intentando concentrarme solo en esos problemas de matemáticas y luego me voy de casa hacia la cafetería donde hemos quedado los cuatro. Por el camino voy mirando Instagram y veo que Kaiden ha subido una *story* en su perfil: está sonriendo a la cámara, rodeado de sus compañeros de equipo y todos alzan el dedo pulgar de una mano. Lástima que Beatriz y yo no hayamos podido ir con ellos a celebrarlo, pero mi plan también me apetece. Manu es muy divertido y Daniela me cae genial. ¿Cómo será Carlos? Espero que también sea majo.

—¡Hola, Emma! —me saluda Carlos.

Por lo visto, ha sido el primero en llegar y ha escogido una mesa al lado de la ventana. Pienso en la probabilidad que hay de que mi madre pase por allí: ninguna.

Todo bien, entonces.

—Carlos, ¿qué tal?

Nos damos dos besos rápidos. Huele genial.

—Bien, ¿y tú?

—Bien, aunque si pienso en mañana, me deprimo.

—¿Verdad? Los domingos por la tarde tienen eso. Son como esa figura literaria que combina contrarios...

—¿Antítesis?

—¡Esa! Sí, sí, esa misma.

Ambos nos reímos por su entusiasmo.

—Buenas, gente...

Manu se sienta a mi lado y nos saluda a los dos con la cabeza. No es de dar besos. Un día averiguaré por qué.

—¿Y esas risas? —nos pregunta divertido.

—Hablábamos de literatura —le respondo justo cuando llega Daniela.

—¡Uy, soy la última!

—Lo bueno se hace esperar —dice Carlos, haciendo que ella sonría tímidamente.

Manu y yo nos miramos un segundo con complicidad. Me gustaría hablar con él de Carlos, pero no quiero ser una chismosa.

—¿Qué queréis? —nos pide una camarera con una bonita sonrisa.

Los cuatro pedimos un refresco y decidimos coger algo de bollería para compartir. Según Manu, las ensaimadas pequeñas están muy buenas, así que le hacemos caso.

Justo cuando la camarera nos trae las bebidas, suena el móvil de Daniela y ambas vemos que es Mar. Ella me mira frunciendo el ceño.

—¿Qué querrá? ¿Mar...?

Los tres callamos para que pueda hablar sin problema y evidentemente escuchamos todo lo que le dice Daniela.

—¿En mi casa? Te dije que había quedado... Sí, te dije que había quedado para merendar... Con Carlos, sí, sí... Sí, solos... Vale, después hablamos... Hasta luego.

Cuando cuelga, nos mira alzando las cejas.

—¿Has renegado de nosotros como el apóstol ese renegó de Jesucristo? —pregunta Manu en un tono algo más agudo.

—Algo así —le responde Daniela, poniendo cara de circunstancias.

—Mar es complicada —digo yo para ayudarla.

—¿Qué le pasa? —pregunta Carlos.

Daniela y yo nos miramos. No sé si quiere explicar algo de Mar.

—Está pillada por un chico y ese chico parece que está por Emma —responde ella—. Y hace cosas un poco fuera de lugar...

—¿Qué tipo de cosas? —me pregunta con rapidez Manu.

—Es largo de explicar —responde Daniela con la misma rapidez.

—Tenemos toda la tarde —dice él apoyando la espalda en el respaldo de la silla.

Carlos imita el gesto de su amigo, y Daniela y yo nos miramos. No sé si puedo hablar de lo que me ha hecho Mar delante de ella.

—Es mi amiga, pero sé que no se está comportando bien —me dice en un tono flojo—. Ha estado acosando a Emma.

—¿Acosando? —pregunta Carlos.

En ese momento pienso que Mar tiene una gran capacidad de joderlo todo. Sin saberlo se ha convertido en la protagonista de una merienda que tenía que ser divertida y amena. Y ahora vamos a hablar de *bullying*. Genial.

Entre Daniela y yo les explicamos lo que ha ocurrido estos días. No entro en detalles, pero aun así en algunos momentos ella me mira muy sorprendida porque hay cosas de las que no tiene ni idea: como lo del hielo en mi espalda, lo de perseguirme en el baño o lo de revolverme toda mi habitación. Está claro que Mar la tiene engañada y que ella también es víctima de su poder de manipulación.

—Estoy flipando —me dice.

Carlos le coge la mano por encima de la mesa y se miran con intensidad.

Bueno, por lo menos sacaremos algo bueno de esto.

—Daniela, no quiero que le digas nada. Dime que no lo harás. No quiero liarla más —le pido pensando en la posible reacción de Mar si su amiga le echa algo en cara.

Es evidente que Daniela no está de acuerdo con lo que Mar hace.

—Te lo prometo, no le diré nada.

—Y, si necesitas ayuda, ya sabes —me dice Manu levantándose la manga de la camiseta para enseñarnos el músculo de su brazo.

Nos reímos los cuatro y por fin logramos cambiar de tema. Menos mal, solo me faltaba pasarme la tarde hablando de Mar.

Manu es muy divertido, y Carlos también. Los dos juntos parecen una pareja de cómicos. Daniela y yo no dejamos de reírnos y estamos tan a gusto que no nos damos cuenta de que entra un grupo de chicas hasta que una de ellas se planta delante de nuestra mesa.

—Vaya, así que de parejitas...

Todos miramos a Mar, que está con las manos en la cintura, en plan madre.

—¿Y tú eres? —le pregunta Manu, aunque sabe muy bien quién es.

Ella lo mira con cara de pocos amigos. Es lo que tiene creerse una reina.

—Soy Mar, la mejor amiga de Daniela.

—No sé si por mucho tiempo... —murmura Manu en un tono bajo que oímos todos.

Yo lo observo asombrada y Mar le grita un «¡¿Qué has dicho?!».

Él se pone de pie y la mira desde arriba.

—Si has venido a gritar, ya te puedes ir, niña —le dice en un tono de lo más borde.

¿Da miedo? Sí, sí. Ahora entiendo su fama de tío serio y borde.

Mar lo contempla con ganas de decirle algo, pero se muerde la lengua.

Manu se sienta de nuevo y me abraza por los hombros.

—Y cuidadito, Mar, Emma es una de mis mejores amigas.

—Bromeas —le suelta ella con desprecio.

—¿Me ves cara de estar bromeando?

Daniela y yo nos hemos quedado mudas porque estamos alucinadas con la actitud de Mar y con las contestaciones de Manu. No se corta un pelo.

—Y yo soy el mejor amigo de Manu, así que Emma también es amiga mía. Eso va así —le dice Carlos en un tono un poco amenazante.

No me gusta que los chicos me defiendan, sé defenderme yo sola perfectamente. Pero tengo que reconocer que en ese momento me siento la protagonista de una película.

—Ya hablaremos —dice Mar en un tono brusco mirando a Daniela.

Ella asiente con la cabeza y ve cómo sus amigas salen de la cafetería. A través de la ventana, las vemos desfilar pululando alrededor de Mar mientras ella les habla moviendo mucho las manos. ¿Qué mentiras estará contándoles? A saber, pero está claro que está poniendo a caldo a Daniela porque en un momento dado todas la miran.

—Joder... —se queja ella.

—Ya se le pasará —le dice Carlos, intentando animarla.

—Mira, quién está también por allí —comenta Manu.

Nos volvemos todos hacia el otro lado y vemos a los chicos del equipo de fútbol acercándose por la calle. Imagino que vienen del bar del campo de fútbol. Quizá han decidido seguir con la celebración en esta cafetería.

Busco a Kaiden y lo localizo al lado de Lola. Están charlando y riendo. Qué bien... Nuestras miradas se cruzan un segundo y entonces lo que ocurre a continuación lo veo a cámara lenta: Kaiden pasa su brazo por encima del hombro de Lola y me sonríe.

¿De qué va?

CAPÍTULO 22
Kaiden

Lola me mira y pasa su brazo por mi cintura cuando nota que quiero soltarla y me empuja hacia la cafetería. Parece que seamos pareja, lo parece, pero lo único que sucede aquí es que me he ofuscado al ver el hombro de Emma rodeado por el brazo de Manu. ¿Y si no quiere decir nada? Los amigos se abrazan continuamente. No sé si quiere o no decir algo, pero a mí me ha sentado como una patada en los huevos, cosa que también me cabrea un montón. ¿Desde cuándo soy celoso? Joder, en la vida. Además, que creo que es algo más bien inútil. ¿De qué sirven los celos? Una vez lo hablamos en una tutoría: de nada. Solo sirven para que te amargues y estés pensando en algo que probablemente únicamente está en tu cabeza.

Pero ahora ya está hecho y entro en la cafetería con Lola colgada de mí al estilo koala; no hay manera de que me suelte.

Consigo que lo haga cuando nos sentamos, pero entonces se me queda mirando con un cariño que me deja peor aún. Soy un capullo, no puedo sentirme de otra manera. He usado a Lola para yo qué sé qué y me siento como el culo.

De puta madre todo.

No me atrevo a mirar a Emma, aunque puedo oír su risa desde nuestra mesa. ¿Le ha dado igual verme con Lola? Podría ser.

Lo normal sería que la saludara, así que la busco con los ojos con cierto miedo. No mira ni una sola vez, o sea que pasa de mí como de la mierda. ¿Estará enfadada o solo es que me ignora porque está disfrutando mucho con Manu, Carlos y Daniela?

Soy idiota.

Me ha picado verla aquí con Manu y además tan juntos. Pensaba que Emma estaría con su familia o algo similar. No me dijo que estaría con Manu, Carlos y Daniela. En plan parejitas.

Tampoco tenía por qué decírmelo, y yo no pregunté...

«Emma no ha podido venir a la celebración porque había quedado con esos tres, porque Emma tiene vida aparte de ti, Kaiden».

Vale, la medalla de idiota para mí.

Pero me toca los cojones equivocarme tanto. Parece que no paro de cagarla con ella.

Cuando veo que se va al baño, no se me ocurre otra cosa que seguirla, a pesar de que todo el mundo puede adivinar mis intenciones.

Espero a que salga, apoyado en la pared, y en el momento en que la veo salir la saludo como si nada.

—Vaya, si estás aquí...

No quiero sonar borde, pero creo que me sale un tono muy borde sin poder evitarlo.

—Y tú también estás aquí. En buena compañía.

Vale, lo dice por Lola.

—Como tú, ¿no?

—Entonces los dos felices, ¿verdad?

La miro con intensidad. Está siempre guapa, pero, cuando se pone seria, sus labios parecen más gruesos y sus ojos más grandes. Dios, y esas pecas me encantan...

Kaiden, deja de mirarla como un pasmarote.

—Sí, te he visto muy feliz —le recrimino.

Me jode que lo nuestro no avance de ninguna manera y al mismo tiempo me jode que me joda. ¿No era yo el que no quería ningún tipo de relación?

¡Dios! Es que Emma consigue romper todos mis esquemas.

—Yo también te he visto feliz a ti —me replica veloz.

—Pues ya está —digo sin saber muy bien qué más decir.

Creo que el que me he equivocado he sido yo, pero el orgullo me puede. Sé que es uno de mis grandes defectos, y es que me cuesta mucho no ser orgulloso.

—Pues bien —me dice dando un paso para marcharse.

Le cojo el brazo con suavidad y ella me mira esperando que le diga algo más.

La veo en mi cabeza riendo con Manu y me da la impresión de que me está vacilando. ¿Me está vacilando? Tiene dos años menos que yo, pero da igual, las tías siempre van por delante de nosotros. Tengan la edad que tengan.

—¿Me sueltas? —me exige con seguridad.

Doy un paso hacia ella y la miro desde mi altura. Le saco una buena distancia; de repente, la veo tan pequeña que me dan ganas de decirle que nos olvidemos de Lola y de Manu, y de todo. Que quiero abrazarla. Que me muero por besarla.

—¿Y si no quiero?

Por lo visto, mi otro yo tiene ganas de seguir provocándola.

—¿Tendré que gritar?

No puedo evitar sonreír, pero ella no me devuelve el gesto.

—Kaiden, creo que quieres abarcar demasiado.

Abro los ojos, sorprendido, al oír sus palabras. ¿Pero de qué va?

—No somos tartas expuestas para que tú y tu ego podáis ir dando bocados cuando os venga en gana.

Trago saliva porque eso es una buena hostia en toda mi cara. ¿Me está diciendo que me voy enrollando con todas?

—Pero ¿qué dices?

—Lo que oyes, y lo que vemos todos.

—¿Es que hablas con otros de mí?

—No tengo nada más que hacer —me suelta con rabia.

Está enfadada de nuevo conmigo y supongo que me lo he ganado a pulso, pero está claro que tiene una idea muy equivocada de mí.

—No soy como piensas, no voy liándome con cualquiera, ¿lo pillas? —le digo indignado.

—Pues das otra imagen, así que tú mismo.

—Ah, ¿sí? Pues podría decir lo mismo de ti.

—Sí, claro, ¿qué vas a decir ahora?

—Que te he visto muy pegada a Manu.

Mierda, ya está. Ya lo he dicho y no quería decirlo. Idiota, idiota.

Emma me mira detenidamente para ver si lo digo en serio.

—No voy a darte explicaciones porque creo que no te las mereces, pero si te las diera lo entenderías. Es más, pensarías que Manu es un buen amigo, de los de verdad.

Está claro que en ese cuerpo de catorce años hay una mente de diecisiete o dieciocho. No sé de qué me extraño, la mayoría de las chicas nos dan mil vueltas cuando discutimos con ellas.

—Y yo tendré que creerte, sin más —le digo picado.

—Kaiden, haz lo que quieras. Tú y yo no somos nada.

La miro impresionado. Emma lo tiene clarísimo. Quizá estoy equivocado y pasa más de mí de lo que creo.

Le suelto el brazo y me quedo mirando el suelo de baldosas grises. ¿Qué le puedo decir?

Se va y yo sigo allí plantando, viendo cómo su pelo rubio se mueve de un lado a otro. Anda con energía, de ahí el movimiento oscilante de su melena. Incluso enfadada me gusta... ¿Se puede estar más pillado?

¡Joder, qué manera de cagarla!

Pero es que me ha cogido mal verla de repente abrazada a Manu; no me lo esperaba. Y tampoco esperaba sentir eso en el estómago, ese vértigo que te deja como atontado y no te permite pensar con claridad. En mi cabeza solo he visto que estaban demasiado juntos, y no he sido capaz de pensar que quizá solo era un simple abrazo.

—¿Qué haces aquí?

Lola aparece de repente y me doy cuenta de que mis problemas se multiplican. ¿Cómo le digo que solamente he pasado el brazo por su hombro porque soy demasiado impulsivo?

«Perdona, Lola, es que he visto a la chica que me gusta pegada a un tío y por eso me he pegado a ti. Pero no me gustas. Me gusta ella. Me gusta tanto que me estoy convirtiendo en un auténtico idiota. ¿Qué me aconsejas?».

Manda cojones...

—Nada.

—¿Te encuentras mal?

Veo una preocupación real en sus ojos y eso me hace sentir todavía más capullo.

—No, tranquila. Estoy bien.

—¿Seguro? Podemos irnos si quieres.

¿Podemos?

—No, no, estoy bien. En serio.

—¿Te pasa algo con esa chica?

La miro a los ojos para ver si me está recriminando algo, pero no. Lo pregunta con genuino interés.

—No, no, nada. ¿Vamos?

No quiero decir más mentiras ni seguir fingiendo. Lola no se merece que sea tan hipócrita con ella. Yo solito me he metido en este lío. A ver cómo salgo...

—Pero antes déjame que te coma la cara.

La miro sorprendido. ¡¿Qué?!

Lola suelta una carcajada que se oye por toda la cafetería y me coge la mano para ir hacia la mesa. Creo que la mitad del local nos está mirando. ¿Qué parece? Que salimos de los baños demasiado «contentos». E imagino que Emma ha pensado lo mismo que el resto.

De puta madre.

Me siento con mis amigos y con Lola a mi lado. Aarón me da un codazo divertido e Iván alza las cejas un par de veces en plan «tío, eres mi ídolo». Les sonrío sin ganas porque ahí no les voy a explicar que están muy equivocados y que lo único que he hecho ha sido meter la pata una vez tras otra.

Dios, qué desastre.

Parezco un dramas, pero es que estoy seguro de que Emma después de todo esto no va a volver a mirarme a la cara.

Y yo no puedo quitarle el ojo de encima.

Veo de reojo que cuando la camarera les trae la cuenta se pelean por pagar. Manu es quien acaba tomando el mando y paga con su móvil. Cuando se levantan y se van, Emma no me dirige ni una sola mirada. Está contenta, sonríe y se la ve feliz con sus amigos. Ni siquiera cuando sale por la puerta se vuelve en busca de mis ojos, como hacíamos hasta ahora, aunque estuviéramos mosqueados o picados.

Lo de hoy es más grave, es evidente.

Mis amigos siguen charlando animados, Lola me habla también constantemente, pero mi cabeza está en otro lado.

Estoy repasando mentalmente mi gran actuación estelar y acabo pensando que todo puede ser tan simple como pedirle perdón y explicarme. Pero ¿qué le voy a decir? ¿Los celos se han apoderado de mí? Emma no soporta a los chicos posesivos y tóxicos, joder, y yo tampoco. ¿Qué coño me ha pasado? No me mola nada lo que he sentido. Ese no soy yo, y creo que no es bueno que lo que siento por alguien provoque estas reacciones en mí.

¿Solución? Alejarme de Emma una vez más.

A machete.

CAPÍTULO 23
Emma

Cuando salimos, solo hay una idea que ocupa mi mente: Kaiden es... gilipollas.

Un gran gilipollas.

¿Me está tomando el pelo?

¿Cree que soy una cría?

¿Una cría a la que puede vacilar sin problema?

Sabe que el beso con Lola nos alejó, hasta que me quedó claro que había sido ella quien había ido a por él. Pero ¿esto? Esto lo he visto yo con mis propios ojos.

¡Kaiden ha abrazado a Lola! Y encima lo ha hecho mirándome a mí en plan «soy el más guay de la fiesta».

Menudo... cerdo.

Es que no dejaría de insultarlo, pero ni eso se merece.

No lo pillo, la verdad es que no pillo su manera de actuar. De repente parece que me sigue a todas partes, que quiere que tengamos algo, incluso me da un beso que no voy a olvidar en mi vida... Y de repente parece otra persona: un chulo, un vacilón y un ligón.

Cuando me ha seguido al baño, pensaba que justificaría esa entrada en la cafetería con Lola, pero ha tenido la cara dura de decirme que Manu y yo estábamos muy juntos. Pensaba que era más maduro, en serio. ¿Es que los amigos no se abrazan? En cambio, lo suyo ha sido totalmente distinto: esa sonrisilla vacilona me lo ha dicho todo. Y si añado que Lola ha ido tras él y que sus risas se han oído por todo el local...

Creo que lo mejor que puedo hacer es pasar de Kaiden, no es la persona que pensaba que era. Está claro. Cuando está conmigo a solas, es un encanto, pero luego... es el típico tío que le gusta estar rodeado de chicas. O de Lola en este caso.

Pero es que, si le gusta Lola, que se vaya con ella y que me deje en paz. No sé para qué me persigue por los pasillos para decirme una mentira tras otra. Imagino que es de esos tíos que necesitan sentir que gustan a todas. Bueno, no es tan raro porque es guapo, y eso lo sabe. Y los guapos, ya sabemos...

—¿Todo bien? —me pregunta Daniela al ver que no digo nada.

—Sí, sí, ¿y tú?

Manu y Carlos van detrás de nosotras charlando sobre no sé qué juego de la Play.

—Bueno, tengo el móvil petado de mensajes de Mar...

—Bufff, ¿está muy enfadada contigo?

—Imagínatelo.

—Ya.

Nos quedamos calladas unos segundos, las dos pensando en Mar.

—No puede pretender que yo no haga mi vida, ¿no? —me dice Daniela esperando mi respuesta.

—No, claro que no. Sois amigas, debe entender que puedes tener otras amistades, y que yo puedo ser una de ellas, algo que entiendo que le cueste porque ahora mismo soy su archienemiga.

Daniela me mira sonriendo con tristeza.

—Si no fuese por Diego, seguro que le caerías bien.

Lo dudo. No creo que Mar y yo nos entendiéramos. Somos demasiado distintas.

—La cuestión es que tú no te sientas culpable. Nos han invitado a merendar y ya está.

—Sí, sí, ya lo sé. Pero ahora tendré que hacerle entender eso. Y Mar es... complicada.

Nos miramos un segundo. Creo que ambas pensamos lo mismo: complicada no, un mal bicho. Pero no decimos nada; ella es su mejor amiga, así que entiendo que no quiera criticarla.

Qué difícil... Me pongo por un momento en su piel, que es algo que Noa y yo siempre hacemos cuando tenemos complicaciones. Este truco nos lo enseñó nuestra tutora en quinto de Primaria y lo hemos aplicado desde entonces. Tener empatía es superimportante porque así puedes intuir cómo se siente la otra persona. Quizá no lo clavas, pero te puedes acercar.

Entiendo que Daniela quiere a su amiga, con sus más y sus menos. Y no voy a ser yo quien meta más mierda entre las dos. Eso nunca.

—Bueno, seguro que acaba entendiéndolo. Las amigas, a veces, también nos enfadamos, pero por suerte nos dura poco, ¿verdad?

Daniela asiente sonriendo.

—Además, cuando le expliques lo bien que has estado con Carlos, seguro que se le olvida todo lo demás —le digo bajando el tono.

Daniela suelta una risilla. ¡Bien!, he conseguido que deje de pensar en el mal rollo que le espera con su amiga.

Cuando llegamos a la esquina de mi calle, les pido que nos despidamos. No quiero cruzarme con mi madre y que me haga otro interrogatorio desagradable. Creo que le cuesta demasiado entender que puedo tener amigos del género masculino. Bueno, es que ella como ve peligros en todos lados...

—Chicas, esto tenemos que repetirlo —dice Manu con naturalidad.

—Vale, pero invitamos nosotras —le replico sonriendo.

—Nada de eso, a la próxima invito yo. ¿Cuándo quedamos? —pregunta Carlos sin cortarse.

Manu y yo nos miramos y solo con esa mirada nos entendemos al segundo: vamos a dejar que vayan ellos dos solos, ¿no?

—Cuando digáis —contesta Daniela mirándolo embobada.

—¿El martes hacia las cinco? —dice Carlos.

Por lo visto, la cosa va en serio.

Manu y yo nos miramos de nuevo y no decimos nada. Estamos esperando a ver qué responde Daniela.

—Por mí perfecto, no tengo Inglés hasta las siete —dice.

—¿El martes? Vaya, no puedo... Voy al centro canino —digo inmediatamente.

—Yo tampoco puedo, pero quedad vosotros dos, ¿no? —les propone Manu como algo muy normal.

—Eh..., sí, claro —dice Daniela al notar la mirada intensa de Carlos.

—Pues genial —responde él con una gran sonrisa.

Manu y yo nos sonreímos con complicidad: lo hemos conseguido. De todas formas, en cuanto llegue a casa, voy a preguntarle a Manu qué sabe sobre el tema. Y no, no es que me guste el chisme. Bueno, vale, quizá un poco, pero en plan bien, ¿eh?

Nos despedimos los cuatro con muchas risas y ellos siguen su camino mientras yo me voy hacia el portal. Veo algo que se mueve, aunque no acabo de distinguir bien qué es. Espero que no sea un ratón, joder, podría superar mi propio récord de velocidad sin problema.

Es de color blanco y naranja..., creo.

¡Es un gatito! ¡Un cachorro!

Me acerco rápidamente y me mira con unos ojos grandes de color verde y de repente suelta un maullido que me parte el corazón. Miro a mi alrededor buscando a su madre.

—¿Estás solito?

Maúlla de nuevo, como si me entendiera y siento que necesito cogerlo.

Da igual que esté sucio o que tenga bichos, no me voy a morir por eso, por mucho que diga siempre mi madre.

—Eh, peque...

Se acurruca en mis manos y lo acerco a mí para darle calorcito. Doy algunos pasos para ver si realmente está solo y compruebo que sí.

Él me mira con pena (os lo juro) y tomo la decisión con rapidez.

—Te vienes conmigo.

Podría esconderlo como hacen en las pelis, pero sé que eso no funcionará en casa. No estoy viviendo en una serie de Disney y mi madre no es tonta.

—Emma, ¿eres tú?

—Sí, y vengo con alguien.

Es mejor decirlo directamente, es otra de esas cosas que Noa y yo hemos ido aprendiendo con el tiempo.

—¿Con alguien?

Mi madre se acerca a la entrada y yo cierro la puerta. Al principio, no ve al gato y me mira extrañada, pero el pequeñajo se mueve en mis manos y entonces los ojos de mi madre se cruzan con los de él. Y os juro de nuevo que el peque pone los mismos ojos que el gato ese de *Shrek*. ¿Es posible?

—Qué. Hace. Esto. Aquí.

Ni grita ni pregunta, solo lo dice así, y cuando habla de esta manera todos la entendemos sin problema.

—Es un gato, mamá. Estaba solo al lado del portal, ¿qué querías que hiciera?

Ella parpadea y no responde.

—No podía dejarlo en la calle. Se moriría...

—¿Y entonces has decidido que era una buena idea subir ese saco de pulgas a nuestra casa?

—¿Un saco de pulgas? —pregunta Nico asomándose por la puerta del comedor.

—Un gatito, Nico.

—Joder, qué bonito...

Mi hermano se acerca para tocarle la cabecita y el gato maúlla de nuevo.

—Creo que tiene hambre, habrá que darle de comer —dice Nico como un experto.

—Ni hablar, esto no se queda aquí —afirma contundente mi madre.

—Mamá, solo hoy.

—No, no.

—Mira, mamá, el martes lo llevo al centro y lo dejamos allí, a ver si alguien lo adopta...

Sé que no quiere animales, que es algo superior a ella, pero no puedo dejarlo en la calle de nuevo. Le podría pasar cualquier cosa y yo me sentiría fatal.

—Mamá, solo son dos días —le dice en serio Nico—. Si lo devuelve a la calle, lo atropellará un coche.

Mi madre arruga el ceño. Esa idea la horroriza, obvio.

—Y es muy pequeñito, mamita —le digo intentando ablandar ese corazón de hierro.

Joder, es que yo no me lo pensaba ni dos segundos. Solo serán dos días.

—Dios, siempre hacéis lo que os da la gana —suelta enfadada con nosotros, y creo que con ella misma por ceder—. El martes te lo llevas al centro, ¿estamos?

—¡Síííí!

El pequeñajo da un saltito y le pido perdón por chillar.

—Voy a llamar a un amigo que está estudiando Veterinaria, para que nos diga qué tenemos que hacer —me dice mi hermano superserio.

Lo quiero mucho, ¿lo he dicho? No podría tener un hermano mejor.

—Genial.

—Mientras no lo pasees por la casa, Emma —me avisa mi madre todavía enfadada.

—Lo llevo a mi habitación y lo pongo en esa cama que tengo del peluche...

—Luego tendrás que tirar esa cama.

—Da igual —le digo pensando que allí va a estar calentito y supercómodo. Al peluche le da igual tener cama o no.

Lo pongo allí y se queda dormido al segundo.

No puedo parar de mirarlo y sonreír.

El pequeñajo ha logrado que deje de lado mis problemas. Ni siquiera escucho los mensajes que me llegan de Instagram.

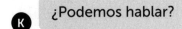

K ¿Podemos hablar?

K Vale, ya me queda claro.

CAPÍTULO 24
Kaiden

Lola está encima de mí hasta que me voy con Aarón. Iván hace un rato que se ha marchado porque tenía que terminar un trabajo. Por suerte, yo lo llevo todo al día y no tengo que pasarme el domingo por la tarde haciendo más deberes.

—Oye, ¿y la moto?

Miro a Aarón con mala cara.

—Por lo visto, resulta que mi padre no encuentra el momento para ir.

—Joder, si ya te lo había dicho...

—Ya, mi madre dice que no me preocupe, que iremos, pero yo la necesito para ayer.

—Bueno, si sabes que te la van a comprar, es cuestión de paciencia.

—No gasto de eso.

Aarón se ríe, pero yo no estoy demasiado feliz. Entre una cosa y otra, estoy agobiado. Le escribo un par de mensajes a Emma con rapidez, pero no me responde ninguno.

> **Kaiden:**
> ¿Podemos hablar?

Nada. Ni lo lee.

> **Kaiden:**
> Vale, ya me queda claro.

De puta madre.

—¿Y con Lola qué?

Ya tardaba en preguntarlo.

—Con Lola nada.

Mi amigo me mira con gesto interrogante.

—Es muy guapa y todo lo que tú quieras, pero no me gusta.

—No te gusta —repite.

—No me gusta en plan quiero algo con ella, ¿me explico?

—Y con Emma sí.

Alzo los hombros en un gesto indiferente.

—Y por eso abrazas a Lola delante de Emma —concluye con ironía.

—Porque soy imbécil.

No hace falta mentir a Aarón, me conoce demasiado bien.

—Igual si te explicas...

—Es que pensarás que soy más imbécil todavía.

—Venga, Kaiden, que somos amigos.

Y los amigos no juzgan, es algo que siempre hemos dicho entre nosotros. Me viene a la cabeza ese *trend* de

TikTok: «Escuchamos, pero no juzgamos». Sé que Aarón no va a juzgarme, pero no deja de darme corte.

—Es que es tan ridículo... Cuando he visto a Emma... con el brazo de Manu sobre su hombro, se me ha encogido el puto estómago.

—Celos.

—Joder, sí, unos celos que no he sentido en mi vida. ¿Y qué he hecho?

—Pues lo mismo con Lola.

—Exacto.

—Vale, la has cagado a lo grande.

—La madre de las cagadas, lo sé.

—Pero has hablado con Emma, ¿no?

—Súmale otra cagada.

—No jodas.

—En vez de ir en plan bien... He vuelto a hacer el idiota. Es que no sé qué cojones me pasa con esta chica.

—Que estás muy pillado y no cavilas bien.

—Ya te digo. Ella cree que me voy liando con todo dios, que juego con ella y que encima soy un celoso de mierda. He intentado explicarme, pero lo he hecho todo al revés.

—Tela...

—Encima me ha dicho que ese abrazo de Manu era totalmente amistoso.

—Y la crees, claro.

Miro a Aarón y asiento con la cabeza. Tal y como me lo ha dicho la creo de largo.

—Tengo que empezar a pasar de ella.

—Ya, claro. Como yo con Beatriz en el pasado.

—No, yo lo digo en serio.

—Yo también lo decía en serio.

—Pero tú estabas muy pillado por ella.

—¿Y tú no? —me pregunta abriendo los ojos.

Joder, tiene razón. Pero no puedo seguir en esta puta montaña rusa con Emma.

—Pues tendré que olvidarla, Aarón, en serio. Mira qué manera de hacer el pardillo. No me mola sentirme así.

—Ya, pero es fácil decirlo. Solo te aviso.

—¿Y tú con Beatriz qué tal?

—Vamos lentos, pero me gusta que sea ella quien marque el ritmo. No sé, siento que disfruto mucho más de todo.

—Uy, que te veo enamorado en cero coma.

—Creo que ya estoy enamorado.

Me detengo de repente y lo miro sorprendido. Es la primera vez que Aarón dice que está enamorado.

—¿En serio?

—Joder, sí, en serio.

—Vaya...

Le doy una palmada en la espalda y ambos sonreímos antes de retomar el paso.

—Pues me alegro por ti y ojalá vaya todo de puta madre.

—Eso espero —dice Aarón contento.

Continuamos charlando de otros temas, pero de vez en cuando pienso en que Aarón está enamorado... Joder, eso son palabras mayores, aunque tampoco me extraña demasiado porque hace mucho tiempo que le gusta Beatriz. ¿Estará ella también enamorada de él?

Ojalá.

Cuando llego a casa, mis padres están en la cocina charlando. Parece que hay buen ambiente, así que entro a saludarlos.

—Kaiden, papá te quiere explicar algo...

Los miro a ambos con desconfianza. ¿Explicar qué?

Mi padre me acerca una revista y me señala la foto de una moto. Es justamente la que quiero.

—Tengo un amigo que la vende de segunda mano, pero está nueva. No la han usado.

Alzo las cejas a modo de pregunta. ¿Y eso?

—El chico que la compró no pudo pagarla porque tuvo unos problemas en su puesto de trabajo y se vio obligado a devolverla. Yo la he visto y está impecable.

—¿Qué te parece, Kaiden? —pregunta mi madre.

Vaya, no había pensado en una de segunda mano, pero, si está nueva, ¿qué más me da?

—¿Puedo verla antes? —pregunto.

—Claro, mañana podemos ir a echarle un vistazo —dice mi padre.

Lo miro pensando que en esos momentos parece un padre normal y corriente. ¿Y si cambia y acaba siendo así siempre?

No, eso no pasará.

Esa pregunta me la he hecho muchas veces en los últimos años y tengo comprobado que al día siguiente vuelve a ser ese padre que se mete conmigo a la mínima.

—Iremos los tres —dice mi madre mirándome con cariño.

Sé por qué se ofrece a acompañarnos, por si mi padre mañana se echa atrás. Si la incluimos a ella en el plan, es más fácil que lo cumpla.

—Bien, iremos los tres. Como una familia —suelta mi padre sonriendo.

Lo miro asombrado y pienso que después de la calma viene la tormenta. Miedo me da. Casi prefiero verlo serio, como siempre, y que se comporte como un borde. Solo espero que nada de esto salpique a mi madre.

—Y, por cierto, Kaiden, ya puedes dar las gracias a tu madre, que ha insistido en hacerte este regalo. Así que ya sabes, pórtate bien y no la hagas sufrir.

Lo miro incrédulo y tengo que morderme la lengua muy fuerte para no decirle todo lo que pienso. Se resumiría en una sola frase: «Aquí el único que hace sufrir a mamá eres tú, idiota».

La mirada de mi madre es de aviso: «No saltes, Kaiden, déjalo».

Puedo perder el regalo, pero me daría igual, la verdad. Lo que no quiero es decepcionar a mi madre, así que termino asintiendo con la cabeza y no digo nada.

Mi padre es un experto en pisotearme el orgullo, quizá por eso en otros momentos salto cuando no debería.

Quizá por eso me he comportado como un capullo con Emma y Lola, cuando debería haber aceptado que me pica ver a Emma con otro chico. Me pica porque me gusta mucho y punto. Pero eso no justifica mi manera de actuar, lo sé.

¿Qué debería haber hecho? Pues pasar mucho. Confiar en ella. Y no liarla más. Porque es que encima Lola se cree algo que no es. Y todo por mi culpa, claro. Al final Lola va a pillar un buen rebote conmigo, porque no es plan que vaya jugando con sus sentimientos.

Vale, voy a empezar a arreglar lo que pueda. Hablaré con Lola y seré sincero con ella, aunque sin hacerle daño. Eso lo tengo claro. No es necesario meter el dedo en la llaga. Solo tengo que intentar explicarme bien y decirle que no va a pasar nada entre nosotros dos.

En cuanto a Emma..., creo que voy a hacer lo que le he dicho a Aarón. Sí, me jode, claro que me jode, y sí, me gusta, claro que me sigue gustando. Pero no me mola lo que me hace sentir y cómo termino actuando.

Vale, decidido.

¿Podré?

Duele pensarlo, pero enciendo el ordenador y busco la moto que voy a ir a ver mañana. Me sé de memoria la mayoría de sus características, pero es una manera de distraer mi mente y no pensar en ella.

Emma...

No...

Emma...

¡Basta!

CAPÍTULO 25
Emma

El lunes no me apetece nada ir al instituto porque no quiero que el pequeñajo se quede solo. No le he puesto nombre porque entonces me costará mil dejarlo en el centro canino y sé que mi madre no va a permitir que se quede en casa, aunque hemos comprobado que no tiene ni un solo bicho encima.

Ayer por la noche, entró en mi habitación y, cuando vio que el gatito estaba en su cama, tan tranquilo, no dijo nada. Seguidamente, apareció mi padre y con una voz de lo más aguda dijo que era demasiado bonito.

Y es que es verdad, es muy bonito.

Además, me encanta cuando me mira con sus grandes ojos. Creo que me habla con ellos y que me da las gracias continuamente. ¿Puede ser?

Nico a última hora me comentó que hoy a mediodía vendrá su amigo veterinario para examinarlo y mi madre le preguntó cuándo, porque ella quiere estar presente. Imagino que no puede evitar querer controlarlo todo y también saber si hay algún tipo de peligro con el pequeñajo en casa.

—Bueno, peque, voy a estar fuera unas horas, pero tienes que quedarte aquí muy quieto.

Entre Nico y yo hemos montado una especie de parque con cajas para que no pueda salir. De todos modos, creo que no tiene muchas intenciones de hacerlo porque es más bien tranquilo. De momento prefiere estar tumbado en su mullida cama y mirarlo todo desde allí. Creemos que debe de tener un par de meses más o menos y, por lo que hemos comprobado, come pienso sin problema. Nico fue a casa de una de las vecinas a pedir comida para gatos porque sabemos que tiene un par. Hoy mi padre traerá pienso para cachorros y también un par de cuencos.

Total, que está superatendido y yo superfeliz.

—No me eches mucho de menos.

El gatito me lame el dedo. Me río al notar su lengüita rasposa.

—Joder, ojalá pudieras quedarte conmigo siempre.

Pero no va a ser así. Mañana por la tarde tocará despedirme de él y probablemente le pierda en nada la pista porque imagino que alguien lo adoptará pronto.

¡Es tan bonito!

Le doy un beso suave en la cabeza y él maúlla como si me dijera adiós. Me obligo a irme, porque al final voy a llegar tarde.

—Emma, me voy a quedar en casa —me dice mi madre mientras cojo el bocadillo de la cocina.

—¿Y eso?

—Hoy puedo teletrabajar y así el gato no está solo.

La miro muy sorprendida. ¿Quééé?

—No me mires así. Que no quiera animales no significa que no me... preocupe.

—¿Te preocupa que se quede solo?

Estoy alucinando.

—A ver, es un bebé y yo... Yo puedo teletrabajar sin problema. Puedo hacerlo dos días a la semana y casi nunca lo hago, así que hoy me quedo.

—¿Lo irás vigilando? —pregunto esperanzada.

No sé qué significa que esté preocupada.

—Claro, iré comprobando que está bien y que come y bebe.

Sigo sin creer que mi madre me esté diciendo esto, pero es real.

—Genial —le digo aún en shock.

¿Mi madre se va a quedar en casa trabajando, algo que nunca hace, solo por el gato? Si alguien me lo hubiera dicho ayer, no me lo hubiera creído.

—Vamos, que vas a llegar tarde.

Miro el reloj y me coloco la mochila con rapidez. Es verdad, voy a llegar justísima.

Le doy un beso rápido a mi madre y salgo pitando.

Dios, qué pasada. Mi madre haciendo de canguro del gatito. Cuando se lo cuente a Noa y a Beatriz, van a flipar tanto como yo.

Llego de las últimas, quedan solo un par de minutos y ya está casi todo el mundo dentro del instituto. Fuera solo veo al grupo de Kaiden, que está con varios compañeros, pero, cuando paso por delante, no les dirijo ni una sola mirada. Voy a paso rápido y así es más fácil ignorarlo.

Sigo muy molesta con él. Aunque el gatito me ha distraído mucho, no he podido dejar de pensar en cuánto me he equivocado con Kaiden. ¿Otro como Roberto? Posiblemente. Otro guapo que se cree que el mundo da vueltas a su alrededor.

Qué ojo tengo, joder.

Pues yo con Roberto tuve más que suficiente, así que Kaiden va a pasar a la historia.

—¡Emma!

Me vuelvo al oír a Diego. Viene corriendo con la mochila colgada de un solo lado.

En ese momento mi mirada se cruza con la de Kaiden, pero la aparto al segundo. No, no quiero seguir con ese juego. Se terminó. Quizá a él le parece guay coquetear con todas, a mí no.

—Casi no llego —me dice Diego al colocarse a mi lado.

Andamos rápido hacia la clase a pesar de que ya llegamos sin problema.

—Me he dormido.

—¿En serio? —le pregunto riendo.

—Estuve leyendo hasta tarde y hoy no he oído la alarma. ¿Y a ti qué te ha pasado? Sueles ser de las primeras.

—Tengo un inquilino nuevo en casa.

—¿Cómo?

—Ayer me encontré a un gatito en el portal y lo subí a casa...

—¿Un cachorro?

—Sí, es tan mono...

Me mira con entusiasmo y yo le explico emocionada todo lo ocurrido. Me escucha atento y subimos las escaleras como si no hubiera nadie más a nuestro alrededor.

—Esa tía no se entera de nada, ¿eh? —oigo una voz que reconozco al momento: es Mar.

Paso de ella y sigo hacia clase charlando con Diego del gatito. Él no tiene gatos, pero le gustan mucho y me va dando algún que otro consejo.

Beatriz ya está sentada en su sitio y, cuando hago lo mismo, me da un codazo señalando a Diego.

—Os miráis como dos enamorados —dice entre risas.

—Qué va, estábamos hablando de gatitos. Tíaaa, que tengo uno en mi habitación...

Ayer se me olvidó decírselo... Estaba demasiado ensimismada observándolo.

—¿Cómo?

—Empieza la clase, chicos. Silencio —dice el profesor entrando en el aula.

Nos callamos todos al instante y Beatriz me mira abriendo mucho los ojos porque quiere saber más.

—Luego te lo cuento —murmullo.

—Emma —me riñe el profesor.

—Perdón.

—Abrid la página cincuenta. Emma nos va a leer el poema de Lorca.

Maldigo mi mala suerte porque este profe es muy cansino. Siempre nos corrige cuando leemos poesía, cree que todos deberíamos tener el don de la declamación, como él. Lo que le falta es un poco de empatía hacia sus estudiantes.

Cuando veo el poema, sonrío porque me lo conozco al dedillo. En mi anterior instituto lo trabajamos durante varios días, así que lo leo con tranquilidad. Cuando termino, me mira con interés y me hace un par de preguntas imaginando que no las sabré, pero resulta que las respondo bien. Me mira sorprendido, pero no dice nada, ni para bien ni para mal.

Busca a su próxima víctima y yo respiro más tranquila mientras pienso: «¿Qué estará haciendo mi gatito?». Que no es mío, lo sé, pero voy a pensar que lo es durante un día y poco...

En cuanto termina la clase, mi amiga me pregunta sobre el gato y yo le hago un resumen en un par de minutos. Charlamos las dos con entusiasmo hasta que entra la profesora de Inglés. Ya seguiremos hablando en el rato del descanso. Aún no le he dicho lo de mi madre, y es que yo sigo sorprendida. ¿Y si le propongo que nos quedemos el gato? Quizá también me sorprende... Bueno, creo que ahora me estoy pasando...

Cuando salimos al patio, se lo cuento todo a Beatriz, y Diego se nos une como uno más. Estamos los tres parlanchines y con ganas de reír por nada.

—Ey, peña, ¿cómo va eso?

Es Aarón e Iván. Kaiden no está por allí.

Mejor.

—Emma tiene un cachorro en casa —suelta Diego sonriendo.

—¿Un cachorro? —me pregunta Iván.

Vuelvo a contarlo todo otra vez, pero me da igual, porque no me canso de hacerlo. Estoy realmente contenta de poder decir que tengo un gatito, aunque solo sea durante poco más de un día.

Justo cuando termino mi explicación, llega Kaiden. Está bastante serio y nos saluda con pocas ganas. Pero yo ni lo miro. Paso.

—Entonces ¿no te lo vas a quedar? —me pregunta Aarón.

—Ojalá, pero mi madre no me deja —le respondo alzando los hombros.

—¿Y si vamos todos y la convencemos? —dice Diego con pasión.

Lo miro y ambos nos reímos al mismo tiempo. Sabe que es una idea loca.

Observo a Kaiden de reojo. No sabe de qué hablamos, pero paso de decírselo. Realmente no sé ni por qué está ahí. Ya que tiene tantas amiguitas, podría irse con alguna de ellas, ¿no?

—Esta tarde me paso por tu casa —me dice Diego decidido.

—¿De veras? —le pregunto divertida.

—Si me invitas, sí.

Nos contemplamos unos segundos con complicidad. No estamos coqueteando, aunque lo parezca.

—Hecho —le digo pensando que el gatito es una buena excusa, no creo que mi madre me diga nada. De todos modos, la avisaré antes de ir.

En ese momento Kaiden se aleja de todos nosotros sin decir nada. Veo que Aarón lo sigue con la mirada y que luego me mira con gesto contrariado. Espero que no esté tratando de sugerirme que vaya tras él, porque es lo último que voy a hacer.

CAPÍTULO 26
Kaiden

Odio cuando tengo sentimientos encontrados, no me mola nada no poder disfrutar de algo porque tengo un problema. Esta tarde voy a ver la moto de mis sueños y resulta que estoy de mal humor porque Emma pasa mucho de mí.

Pero ¿no he dicho que yo también voy a pasar de ella?

Joder, qué palo todo.

—Kaiden, ¿cómo va eso?

Me vuelvo al oír a Bali.

—Ey, ¿qué tal?

Se me acerca con una sonrisa.

—Pues como siempre, así que no me quejo. ¿Y tú?

—Bien, con poco que contar.

No tengo ganas de explicarle todo el rollo de Emma. Me va a decir que soy imbécil y eso ya lo sé.

—¿Alguien me dijo ayer que estás con Lola?

La miro abriendo los ojos, sorprendido.

—Qué va.

—Ah... Bueno, ya sabes que la peña no tiene nada mejor que hacer que hablar de los demás, y lo que no saben se lo inventan.

Niego con la cabeza.

—Bueno, esto quizá sí es un poco culpa mía.

—¿Por?

La miro y suspiro agobiado.

Acabo explicándoselo todo. Bali me escucha atenta, sin intervenir ni una sola vez. Cuando acabo, nos miramos en silencio.

—No me parece tan grave, Kaiden.

—A mí sí.

—Vale, la has cagado, pero tampoco te has enrollado con Lola.

—Solo faltaría. No quiero enrollarme con ella.

—El problema es que a veces hablamos con la persona afectada cuando aún está muy enfadada o cuando lo estamos nosotros, ¿me explico?

Asiento con la cabeza.

—Tal vez si hablas con Emma más adelante, cuando los dos estéis más tranquilos... Porque cuando hablaste con ella te pusiste un poco chulo, ¿no?

Sonrío. Bali no puede ser más sincera, pero tiene toda la razón del mundo.

—Sí, un poco bastante. Pero no sé si quiero hablar con Emma. No me mola sentir celos ni nada parecido.

Se ríe.

—Vamos a ver, Kaiden —me dice—, si no quieres sentir nada, pues enciérrate en casa. Mira, lo bueno es que reconoces que sentir celos es una mierda, así que lo que tienes que hacer la próxima vez es no dejarte llevar por esos sentimientos, ¿lo pillas?

La miro pensando en ello. Sí, lo pillo.

—Mira, es como cuando te cabreas mucho con alguien y piensas: «Le partiría la boca ahora mismo», pero no lo haces. ¿Por qué no lo haces? Porque sabes que no está bien, pero sientes ese odio en ese momento. Luego se pasa y ya está.

Arrugo el ceño porque de repente Bali parece alguien mucho más mayor.

—Vale, no me mires así. Me has pillado. Voy a terapia —me confiesa—, pero preferiría que no se lo explicaras a nadie. La gente es muy hija de puta con estas cosas.

—No, no, tranquila. Esto no sale de aquí.

—Mi psicóloga me enseña a gestionar así los sentimientos.

—Joder, pues me parece de puta madre porque te he entendido a la perfección. Voy a intentar ponerlo en práctica.

—Venga, seguro que puedes. A veces contar hasta cinco también va bien.

—Contar hasta cinco... —repito pensando que, si lo hubiera hecho cuando vi el brazo de Manu rodeando a Emma, tal vez hubiera actuado de otro modo.

—Pruébalo.

—Lo haré.

Cuando me voy a clase, lo hago un poco más animado. Bali siempre tiene ese efecto en mí.

Voy a dejar pasar unos días y cuando encuentre el momento hablaré con Emma. Aunque no quiera nada conmigo, intentaré que volvamos a ser simplemente amigos. No me gusta que estemos todos juntos y que nos ignoremos de esa forma. Es bastante incómodo para nosotros y para todos los demás.

—Kaiden, ¿nos saltamos la clase? —me pregunta Lola colocándose a mi lado justo antes de subir las escaleras y cogiéndome del brazo.

Me aparto con delicadeza.

—No.

Tengo que hablar con ella, pero ¿ahora? Apenas tenemos un minuto antes de entrar en clase. No es el momento.

—¿Estás seguro?

Junta sus labios en un gesto sexy y varios compañeros pasan por nuestro lado silbando. Lola suelta una de sus carcajadas. ¡Dios!, me gustaría poder desaparecer de allí en ese instante.

—Con permiso, te lo robo —dice Aarón, que aparece de la nada y, cogiéndome del brazo, me arrastra escaleras arriba.

—Joder, gracias —susurro.

—¿En qué momento, Kaiden?

—¿Qué?

—¿Desde cuándo hay que rescatarte?

—Ya, tío, estoy empanado.

—Venga, bro, que esta tarde igual ya tienes moto.

El tono entusiasmado de Aarón se me contagia.

—Sí, sí, ¡ojalá!

—Quiero ser el primero en subir contigo, ¿eh? Nada de chicas.

Nos reímos los dos mientras entramos en clase y nos separamos con nuestro saludo de siempre: nos damos la mano y seguidamente un golpe de puño.

En la siguiente clase escucho al profesor, pero al mismo tiempo pienso en Emma. ¿Qué podría decirle? No quiero poner una excusa, pero tampoco quiero parecer un pardillo. La verdad siempre es la mejor opción: los celos me pillaron con la guardia baja y reaccioné sin pensar. Lola no me gusta y no quiero liarme con ella. Así que ese brazo encima de ella fue un error de los gordos, y por partida doble, porque también voy a tener que hablar con ella.

Quizá sí que soy un poco capullo... O quizá solo me he equivocado, joder, que todos nos equivocamos, ¿no?

Siguiendo el consejo de Bali, a partir de ahora voy a contar hasta cinco antes de actuar. O al menos lo intentaré, que ya sé que la teoría es muy fácil, pero, cuando estás en el meollo y tienes que llevarla a la práctica, la cosa resulta más complicada.

Por la tarde, cuando llego a casa, mis padres me animan a que coma rápido para ir a ver la moto del amigo de mi padre. Obedezco contento porque de camino a casa había pensado que quizá mi padre se echaría para atrás. No es la primera vez que me dice algo y luego no lo cumple. Siempre tiene buenas excusas que a mí no me sirven. Si prometes una cosa, debes cumplirla.

—¿Tienes ganas de ver la moto? —me pregunta mi madre con cariño mientras la ayudo a recoger la cocina.

—Muchas.

—Venga, que te la mereces.

—Gracias, mamá. Sé que la voy a tener gracias a ti.

Sé que, si fuese por mi padre, me seguiría dando largas.

Ella me mira con pesar. Creo que sabe que yo ya me doy cuenta de todo, y eso la entristece. Imagino que para una madre es mejor creer que sus hijos no se enteran de nada. Pero no es así. Ya tengo casi diecisiete años, no soy un crío.

Cuando voy en coche, veo a Diego por la calle. Imagino que debe de ir a casa de Emma y los celos vuelven a apoderarse de mí.

«No, Kaiden, no quiero sentir esta mierda».

Diego está pillado por Emma como lo estoy yo, pero eso no quiere decir que se vayan a liar en su casa. Más bien lo dudo, con su madre por ahí. El tío va a ver el gato y de paso va a intentar acercarse a Emma, eso lo sé, pero también es algo que he hecho yo.

Voy a tratar de calmar este dolor de barriga y a dejar que todo fluya. Si días antes Emma aceptó mi beso e incluso me lo devolvió es porque yo también le gusto.

—Ya hemos llegado. Vamos.

Mi padre se transforma en otra persona cuando su amigo nos abre la puerta de su garaje y nos enseña la moto. Es verdad que está intacta y que parece que no haya salido de allí. No tiene ni polvo.

Mientras los mayores charlan, yo la miro con lupa y en pocos minutos ya la deseo para mí. Espero que se pongan de acuerdo con el precio y que mi padre no recule, porque hasta que no la tenga no me lo voy a creer del todo.

—Pues nos la quedamos —oigo que dice mi madre—, si a Kaiden le gusta, claro. —Me mira con los ojos brillantes porque sabe que me gusta de sobra.

—¿Cómo no le va a gustar? —dice mi padre con una risa falsa.

Su amigo le ríe la gracia y yo miro a mi madre con cariño.

—Pues ya te la puedes llevar —me dice ella, y añade dirigiéndose al que nos la vende—: Ahora mismo te hacemos el pago.

Alucino de que vaya todo tan rápido, pero no me quejo.

¡Ya tengo moto!

—Kaiden, siempre con cuidado y con casco —me advierte mi madre más en serio.

—Y nada de accidentes —dice mi padre en un tono neutro.

—No hables de accidentes —le riñe mi madre.

Mi padre y su amigo se ríen, mientras ella pone los ojos en blanco.

Cuando nos despedimos, cojo la moto y la pruebo por allí con cuidado. Tengo que familiarizarme un poco con ella. Veo que no tengo problema, se parece bastante a la Kawasaki de Carlos.

—¿Puedo pasar a ver a Aarón e Iván un momento? —les pregunto ilusionado.

—Sí, pero no tardes mucho —responde mi madre.

Mi padre sigue charlando con su amigo y ni me mira.

Aún no entiendo cómo ha aceptado comprarme la moto.

O quizá sí lo sé.

Quizá lo que quiere es tener contenta a mi madre.

CAPÍTULO 27
Emma

—Diego está subiendo —me informa mi madre mirándome para ver mi reacción.

Le he explicado que es un amigo que quiere pasarse a ver al gato antes de que lo deje mañana en el centro. Un simple amigo.

—Vale, voy a abrir —le digo ignorando su mirada.

A ver, si en vez de Diego fuese Kaiden, tal vez mi madre notaría algo raro en mí. Pero con Diego no es lo mismo. Es mi compañero de clase, nos vemos cada día y tenemos confianza, a pesar de que en algunas ocasiones coquetea conmigo. Yo creo que lo hace ya de forma inconsciente, que en realidad no le gusto en ese sentido. A mí me parece un chico muy mono, muy listo, pero no es como con Kaiden.

Kaiden me gusta demasiado, algo que me encantaría poder cambiar porque me da que solo voy a sufrir.

—Diego, hola.

—Hola, Emma.

Nos damos dos besos rápidos antes de cerrar la puerta y mi madre aparece por allí para conocerlo. Él la saluda con mucha educación y creo ver la aprobación en los ojos de ella.

—¿Qué tal el gato? —me pregunta mientras vamos hacia la habitación.

—Ha dormido toda la noche sin hacer ruido.

Cuando entramos, Diego me adelanta porque ve al gatito andando por la alfombra.

—¡Vaya! Es muy guapo.

—Lo es —afirmo sonriendo.

—Hola, gatito...

Lo coge con cuidado y se lo coloca entre los brazos como si fuese un bebé. El pequeñajo lo mira con curiosidad, pero no se mueve. Diego le pasa un dedo por la cabeza y el gato cierra los ojos y ronronea, y ambos soltamos una risilla.

—Qué pasada —dice Diego—, es que me encantan los gatos.

—Ah, ¿por qué no tienes uno?

—Me encantaría, pero mi padre tiene alergia.

—Qué palo, pero hay unos que no dan alergia.

—Ya, pero son muy caros, y paso. A mí me gustaría pillar uno de la calle y darle una vida de puta madre.

Veo el brillo en sus ojos y pienso que este chico cada día me sorprende un poquito más.

—Cuando viva solo, tendré un montón.

Me río al imaginarlo con una docena de gatos alrededor.

—Yo con un par me conformo. ¿Sabes que hay que tener un arenero más de los gatos que tienes?

—¿Cómo?

—Si tienes dos gatos, necesitan tres areneros. Lo leí ayer en internet. Se ve que es algo psicológico, para que no tengan problemas de comportamiento o algo así...

—Joder, pues si quiero muchos gatos voy a necesitar una mansión.

Los dos nos reímos de nuevo y el pequeñajo suelta un maullido antes de cerrar los ojos y quedarse dormido en los brazos de Diego.

Nos sentamos en la alfombra y él no lo suelta. Tampoco deja de mirarlo.

—¿No te va a dar pena dejarlo mañana?

Nos miramos a los ojos y los dos nos entendemos casi sin hablar.

—Mucha, pero es el trato que he hecho con mi madre.

—Quizá si se lo preguntas...

—Ya lo he ido insinuando, pero ella hace como si no me hubiera oído. Nico también se lo ha dicho un par de veces, y mi padre no se ha manifestado. Todos sabemos que a mi madre no le gustan...

Justo en ese momento entra con una bandeja con vasos y unos bocadillos pequeños.

—No es que no me gusten —dice en un tono tranquilo.

Ambos la miramos sorprendidos mientras ella deja la bandeja.

—Y me lo estoy pensando, Emma.

Me levanto de un salto al oír eso.

—¿Cómo?

—Os he traído merienda, pero, antes de coger nada, os laváis las manos, ¿sí?

—Sí, sí, por supuesto. Eso siempre —dice Diego en un tono alegre.

—Mamá... —insisto nerviosa.

Me mira con cariño.

—Lo estoy pensando, pero eso no quiere decir que sí. Eso quiere decir que estoy sopesando lo bueno y lo malo...

Me muerdo el labio inferior, alucinada.

—¿En serio, mamá?

Es que no me lo creo. ¿No lo dirá solo porque está mi amigo delante?

—Sí, tu padre y yo lo hemos hablado esta mañana.

—¿Y qué dice papá?

A veces, me asombra que hablen entre ellos y no me entere de nada, pero, claro, son pareja. Probablemente, lo han hablado al despertarse, en la cama, cuando Nico y yo todavía estábamos durmiendo.

—A él le gusta tu gato y cree que estaría bien darle esa oportunidad de la que habla tu amigo. —Mi madre mira a Diego con una sonrisa. Está claro que ha oído toda nuestra conversación.

—Buah, aquí seguro que sería superfeliz —suelta él, como si conociera a mi madre de toda la vida.

Ella se ríe y yo los miro aún en shock. ¿De verdad está pensándolo?

—Ay, mamá, te prometo que te haré caso en todo —le digo—. Estará siempre limpio, su arenero estará impecable y yo me lavaré siempre las manos antes de comer.

—¿Y no dormirá en tu cama?

—No, no, dormirá solo en la suya.

Mi madre alza las cejas y yo asiento con la cabeza mil veces. Soy capaz de prometer cualquier cosa a cambio de que me deje quedarme al pequeñajo.

—¿Ni se subirá al sofá?

—Le enseñaré bien —le digo esperanzada.

Creo que mi madre está más cerca del sí que del no. Tengo que intentar que acabe decantándose por el sí.

Ay, me muero si me dice que sí.

—¿Tiene nombre? —me pregunta mi madre.

—No he querido ponerle nombre, porque como mañana lo voy a dejar en el centro...

Se me parte le alma solo de pensarlo. Tan pequeño, allí solo, sin unos brazos que lo acunen. Lo miro. Sigue durmiendo en los brazos de Diego. Si mi madre me dice que no, me va a romper en dos. No sabía que podías coger tanto cariño a un animal en tan pocas horas.

El pequeñajo abre los ojos un momento y me mira.

—Es que míralo, es tan bonito... —digo alzando ambas manos hacia él.

—Sí lo es —dice mi madre—, así que ya puedes ir buscándole nombre.

Me vuelvo hacia ella con tanta rapidez que creo que me cruje el cuello.

—¿¿¿Qué???

—¿Nos lo quedamos? —me pregunta mi madre alargando su sonrisa.

Me levanto de un salto acróbata.

—¡¡Síííí!! —exclamo antes de tirarme a sus brazos.

Ella se ríe y yo también.

—Qué suerte, pequeñajo —oigo que dice Diego en un tono bajo.

Mi gato (sí, sí, mi gato) maúlla de nuevo y voy hacia él. Me mira con esos ojitos verdes y le digo:

—Mi gatito... Te voy a cuidar mucho, ¿lo sabes? Y también te voy a querer un montón, aunque creo que ya te quiero...

Cuando levanto la mirada, mi madre y Diego me están observando fijamente.

—Este gato ha tenido mucho suerte —dice ella mientras se va hacia la puerta.

—Quiero ser gato —suelta Diego, creo que sin pensar demasiado.

Mi madre se gira hacia él y lo mira con gesto interrogante.

—¿Gato?

—Bueno, sí, para estar todo el día tomando el sol y esas cosas —le responde Diego en un tono bajo que me hace reír.

Ella mueve la cabeza de un lado a otro y se marcha.

—Tu madre habrá pensado que soy un pardillo.

—Qué va, ya ves que cuando quiere es la mejor.

Contemplo con orgullo al pequeñajo y le pregunto cómo lo voy a llamar. La verdad es que no tengo ni idea porque nunca pensé que podría tener una mascota en casa. Siempre he querido un perro, eso es cierto, pero ahora estoy enamorada de este gatito.

—¿Ya tienes nombre?

—He de pensarlo.

—Puedes llamarlo Diego Júnior.

Soltamos una carcajada que se oye por toda la casa.

—A ver, es que yo creo que te he traído suerte. Que le he caído bien a tu madre y que en parte deja que te lo quedes gracias a mí.

Lo miro abriendo mucho los ojos y me vuelvo a reír.

—Tienes el ego enorme, ¿eh?

—Nah, un poco solo.

—¿Y si lo llamo Pequeñajo?

—¿No es muy largo?

—¿Y Peque? Sí, Peque me gusta... Hola, Peque...

—Sí, mola y le pega. Mira cómo te mira.

—Sí, me gusta. Peque —afirmo feliz.

—A mí también me gustas.

Alzo la vista con rapidez y miro a Diego.

What?

CAPÍTULO 28
Kaiden

Dejo de pensar en mis padres y disfruto de mi moto nueva. ¡No me lo creo! Estaba casi seguro de que mi padre pondría alguna pega en algún momento y de que me quedaría sin regalo. Pero no, aquí estoy, subido en mi reluciente vehículo de dos ruedas en dirección a casa de Aarón. Le he mandado un wasap rápido avisándole de que voy a pasar por su casa, espero que lo haya leído porque sé que más de un día se echa la siesta después de comer. Iván y yo le decimos que esas costumbres son de viejos, pero él pasa mucho de nosotros dos.

Sonrío al pensar en mis amigos. Son muy distintos el uno del otro, pero no podría vivir sin ninguno de los dos. No me gustaría perderlos, como le ha pasado a Emma con su mejor amiga. Bueno, no es que la haya perdido, pero ahora cada una vive en una ciudad distinta... Espero que no me pase eso porque me costaría un año empezar de nuevo. Ahora que lo pienso, Emma es una jefa: en pocos días ha hecho amigos, sobre todo ha conectado muy bien con Beatriz. Y, por lo que sé, Beatriz es bastante exigente con sus amistades. Antes era muy amiga de Daniela y se juntaba con su grupillo, pero dejó de ir siempre con ellas, y por ahí se comentó que Beatriz no sabía tener amigas de verdad.

A la gente le gusta demasiado hablar de lo que no sabe.

Había un vídeo de TikTok en el que una chica explicaba que no tenía ninguna amiga de verdad, hablaba de sus sentimientos y de cómo vivía sin tener a alguien en quien confiar al cien por cien. Pensé que eso debía de ser duro..., sobre todo, a nuestra edad, y me sorprendió ver, por los comentarios, que había más gente como ella. Jamás lo había pensado. Podría decirse que he crecido junto a Aarón e Iván, así que para mí es muy normal tener amigos de verdad.

—¡Kaiden! ¡Pero buenooo!

Aarón se acerca con rapidez cuando aparco cerca del portal de su edificio.

—Joder, bro, si está nueva —dice con los ojos puestos en mi moto.

Me quito el casco y nos saludamos con ímpetu.

—¿A que sí?

—Ya ves. Nueva, nueva.

—Está de puta madre —le digo feliz.

—¿Nos damos una vuelta? Pillo el casco y bajo.

—Venga.

—Oh, Kaiden, ¿y eso?

Ambos nos volvemos al oír la voz de su hermana. Ana está haciendo cuarto de la ESO, pero parece que está en segundo de Bachillerato. Hasta ahora no se maquillaba, pero este año le ha dado por hacerlo y parece mayor que nosotros dos, algo que Aarón no lleva demasiado bien.

—Es mi nueva amiga —le respondo bromeando.

—Guauuu, quién fuese ella —me dice con un tono coqueto.

—¿Ana? —le increpa Aarón, mosqueado.

—Ay, hermanito, te pareces a papá. ¿Es tuya?

—Toda mía —le digo divertido.

Aarón está con un careto que flipas.

—Ya me darás una vuelta.

—Ni hablar —salta de inmediato mi amigo.

—¿Perdona? —le dice ella alzando las cejas.

—Subes, ¿no? —le indica él señalando el portal.

—Creo que tiene miedo de que le robe el amigo —me dice en un tono bajo que oímos todos, obvio.

Suelto una risilla y Aarón arruga el ceño.

—Anda, vamos —le dice ella en dirección a su casa.

—Ya bajo —murmura Aarón enfurruñado.

Su hermana y su prima son su punto débil, está más que claro. Ahora se ha relajado un poco, pero al principio parecía un policía con su prima. Ha empezado primero este año, y al principio, en cuanto la veía, la seguía con la mirada. Es demasiado protector sin necesidad, porque ninguna de las dos ha dado nunca un problema. Es verdad que Ana este año parece otra, pero es que ya tiene quince años, ¿qué espera? Creo que Aarón sigue viéndola como esa pequeña que lo seguía por todas partes. Pero ha crecido, como todos, aunque Ana mira aún a su hermano como si fuese su héroe. Eso es algo que siempre me ha fascinado y que me ha hecho añorar el tener una hermanita que me siga por la casa para jugar conmigo. Ser hijo único tiene ventajas, pero creo que hubiera preferido tener algún hermano.

—¡Estoy! —me dice Aarón colocándose el casco.

Hago lo mismo mientras se sienta detrás, y en cuanto estamos listos nos vamos a ver a Iván. Justo antes de salir con la moto también le he enviado un wasap para decirle que pasaría a verlo y me ha contestado con un mensaje que al principio no he entendido.

Iván:

Inglés. Cinco min pausa.

Vale, es verdad que hoy tiene Inglés.

En cuanto llegamos, aparcamos justo delante de la academia y a la hora en punto Iván sale el primero con una gran sonrisa.

—Hostia, qué guapa...

Bajo de la moto y él se sube con rapidez.

—Es más compacta de lo que pensaba —me dice con entusiasmo.

—Está nueva, bro —comenta Aarón.

Seguimos haciendo hablando de la moto hasta que Iván tiene que regresar a clase.

Aarón y yo damos un par de vueltas antes de ir a su casa de nuevo. Cuando me despido de él, me desvío un poco para poder pasar por la calle donde vive Emma. No sé por qué lo hago, pero justo cuando paso la veo diciéndole adiós con la mano a alguien. ¿Será Diego?

Sí, es él.

Lo veo perfectamente cuando cruza la calle con su sonrisa satisfecha. No me lo pienso dos veces y aparco delante del portal de Emma haciendo ruido con la moto.

Ella me mira sin saber quién soy.

Cuando me quito el casco, sus ojos se abren y me mira muy sorprendida. Creo que lo último que esperaba era verme delante de su casa montado en una moto.

—¿Ya la tienes? —me pregunta con énfasis.

—Eso parece.

—Vayaaa, qué pasada, ¿no?

La miro embobado porque le brillan los ojos de una manera espectacular. ¿Ha olvidado nuestro enfado o solo es una pequeña pausa?

—¿Te subes?

—¿Eh? No, no. A mi madre le puede dar algo. Además, tengo a Peque arriba.

—¿A Peque?

Emma da un saltito al responder que me hace sonreír.

—El gatito. Al final nos lo vamos a quedar.

—Vaya, tienes que estar muy contenta.

—Pues sí, como tú con tu moto.

—Seguro que tu Peque es más guay.

—Eso no lo dudes.

Nos reímos los dos hasta que nos quedamos mirándonos mucho más serios. Daría lo que fuera por saber qué piensa ahora mismo esa cabecita.

—Eh... Tengo que irme...

—Vale.

—Vale.

—¡Oye!

—¿Qué?

—¿Sigues enfadada?

—Sigo enfadada —responde sin pensárselo demasiado.

—Yo también.

—Anda que...

—Pero conmigo, por ser tan... ¿capullo?

—Sí, un poco sí.

—Siento haber reaccionado de esa manera. No me mola nada y entiendo que pienses que soy un gilipollas.

—Eso mismo pensé —dice con una sinceridad que me hace sonreír.

—¿Amigos? —le pregunto a modo de disculpa.

Emma me mira con intensidad y aprieto mis piernas en la moto para no saltar y correr hacia ella para besarla.

—Te perdono —me dice sonriendo de nuevo.

—Yo también te perdono.

—¿Por qué?

—¿Por ser tan guapa?

Se sonroja y yo decido poner el freno.

—Y por no invitarme a ver a tu gato.

—Hoy ya ha venido Diego, ¿subes otro día?

Asiento con la cabeza mientras nos miramos fijamente.

—Pásame una foto cuando puedas.

—Claro, después te la paso. Es más bonito, ya verás.

—¿Y dónde lo encontraste?

—Justo ahí —me dice señalando una esquina del portal—. Yo creo que ha perdido a su madre o algo así. Tiene unos dos meses.

—Qué pena, tan pequeño. Pero ha tenido suerte contigo.

—¿O la suerte la he tenido yo?

Ambos nos reímos y nos volvemos a mirar de esa forma tan intensa. Eso de ser solo amigo de ella es tan difícil...

En ese momento le suena el móvil y lo saca del bolsillo trasero para mirar la pantalla.

—Mi madre... ¿Mamá?... Sí, Diego ya se ha ido, pero me he encontrado a un amigo aquí abajo... ¿Eh?... Es Kaiden... Sí, del instituto... Sí, sí, ya subo.

Alza los hombros y me mira resignada.

—Mi madre ya creía que me habían secuestrado.

Sonrío por su tono de voz.

—Pues sube, a ver si le voy a caer mal sin conocerme.

Da un paso atrás y amplía su sonrisa.

—Le vas a caer mal igualmente.

—¿Y eso? —pregunto divertido.

—Porque eres un chico. Y eres demasiado...

—¿Demasiado?

Emma se muerde el labio y se ríe.

—¿Demasiado qué? —le pregunto de nuevo intuyendo que es un piropo.

—Demasiado. ¡Hasta mañana!

Entra en el portal y desaparece dejándome con las ganas de saber la respuesta.

¿Demasiado listo?

¿Demasiado divertido?

¿Demasiado capullo?

Espero que no...

CAPÍTULO 29
Emma

Nada más entrar en casa recibo un mensaje de Kaiden.

Kaiden:
¿Demasiado qué?

Me río por su insistencia. Pero lo voy a dejar con las ganas, aunque la respuesta es «demasiado guapo».

Emma:
No quiero que te conviertas en un chico creído y chulo.

Kaiden:
Jajaja, pensaba que ya lo era.

Emma:
Qué va, eres muy discretito y tímido.

Kaiden:

Jajaja, creo que ese es otro. ¿Demasiado?

Emma:

¿Insistente?

Kaiden:

Eso siempre, pero ya veo que no me lo vas a decir.

Emma:

Nop.

Kaiden:

Tendré que imaginármelo: demasiado espectacular, demasiado maravilloso o demasiado increíble.

Emma:

JAJAJA.

Kaiden:

Podría seguir, jajaja.

Emma:

Déjalo, ya me ha quedado claro que te quieres mucho.

Kaiden:

Claro, como debe ser.

¿Tú no?

Emma:

A ratos.

Kaiden:

Si quieres, te digo tus demasiados.

Emma:

No, no, prefiero no ponerme roja como un tomate, jajaja.

Kaiden:

Buf, cuando te sonrojas estás demasiado...

Emma:

Kaiden...

Kaiden:

Emma...

Mis mejillas hierven, literal.

Me muerdo el labio porque creo que puedo oír mi nombre con su voz en mi oído.

Emma...

Ambos nos desconectamos y yo me tumbo en la cama mirando el techo blanco.

Suelto un buen suspiro.

Y es que Kaiden me va a volver loca.

Ayer lo odiaba y ahora..., ahora me encantaría tenerlo a mi lado y besarlo de nuevo.

Cierro los ojos y recuerdo sus labios en los míos.

Ay, madre...

Estoy perdida. Me gusta ¡¡¡demasiado!!! No puede ser que pase tan rápido de pensar que es un auténtico imbécil a querer besarlo. Creo que es la primera vez que me ocurre algo así. Estaba muy enfadada y, sin embargo, en cuanto lo he visto, ha desaparecido todo mi cabreo por arte de magia.

Suspiro de nuevo al recordar cómo ha aparecido en su moto reluciente. Cuando se ha quitado el casco, me he quedado clavada mirándolo. Dios, qué guapo...

—Demasiado guapo —digo riendo en un tono extra-flojo.

Peque me mira y maúlla y yo lo cojo para acunarlo en mis brazos. Fuera de la cama, eso sí, porque si me ve mi madre con él en la cama es capaz de echarse para atrás. Más vale ser obediente y seguir las reglas. Tampoco es tan complicado.

—Peque, vas a ser muy feliz en mi casita.

Mi pequeñajo me mira y cierra los ojos para dormirse tranquilamente. Me quedo sentada en el suelo, con él entre los brazos observándolo. Sin hacer nada más.

Y me parece increíble poder tener a un gatito.

Siempre soñé tener un perro, pero Peque también me vale.

¡Claro que me vale!

Solo hace falta verlo un segundo para enamorarte de él.

—La verdad es que es muy bonito.

Me vuelvo al oír a mi madre. Está apoyada en el quicio de la puerta, mirándonos con una gran sonrisa.

—Sí, es precioso.

—Tu amigo es muy simpático.

—Sí, lo es. Y listo. Hasta ahora el que sacaba mejores notas, pero espero superarlo este trimestre.

—¿Y es solo un amigo?

—Mamá... —me quejo.

—¿Qué? Solo me intereso.

—Solo es un amigooo.

—Buenooo —dice sonriendo mientras se va.

Menos mal que no me ha visto con Kaiden, estoy segura de que notaría lo mucho que me gusta. Y no me parece nada bien que me pregunte estas cosas, me da mucha vergüenza. ¿Es que no lo ve? Creo que fue el año pasado cuando me regaló en Navidades un diario: «Para que escribas tus cosas», me dijo. Y ahí está, en blanco. ¿Cómo voy a escribir mis cosas? ¿Para qué? ¿Para que alguien lo coja y lo lea en un descuido mío? Vamos, ni hablar.

Tengo a Noa para contarle «mis cosas», y ahora también a Beatriz.

Cuando hay novedades como la del gatito, les escribo a las dos casi al mismo tiempo.

Noa ha flipado, porque conoce mucho a mi madre y sabe que siempre se ha negado a que entre cualquier tipo de animal en casa. Es que no quería ni las típicas cajas llenas de gusanos de seda que todos mis compañeros llevaban a clase con tanto orgullo.

Beatriz también se ha alegrado mucho, sobre todo por el gato. Y eso me ha hecho ver que mi nueva amiga tiene un corazón enorme, porque es cierto, el más afortunado va a ser Peque. Porque tendrá un hogar, una dueña increíble (es así, qué queréis que os diga) y una vida que nunca hubiera podido tener en la calle.

—Peque, eres un suertudo —murmullo.

—¿Peque? —oigo que pregunta Nico cuando entra en mi habitación.

—Ese es su nombre.

—Me gusta. Ya me ha dicho mamá que ha venido un amigo tuyo. ¿Y me ha dicho que era muy majo? ¿Puede ser que me haya dicho eso?

Ambos soltamos una buena carcajada.

—Parece que le ha caído bien —le respondo entre risas.

—Ya veo. A ver si nos han cambiado a mamá...

Me vuelvo a reír, pero es verdad que lleva una temporada más relajada y tranquila. Discutimos bastante menos que antes, aunque lo de llegar tarde sigue sin llevarlo bien. Siempre acaba diciéndome: «Espero que si algún día tienes una hija no sea tardona como tú», y yo pienso que es algo que ni puedo llegar a imaginar. ¿Una hija? Me quedan mil años para eso. A saber qué inventos habrá para entonces. Tal vez ya tendremos todos un chip insertado en el cerebro para saber por dónde andamos. Bueno, de todos modos, es un problema que ni veo.

Los problemas que sí veo son los que tengo ahora, aunque... ¿son problemas?

Diego y Kaiden, de formas distintas, me han dicho que les gusto.

Diego y yo nos hemos quedado mirando fijamente después de su confesión, pero al segundo él se ha echado a reír y le ha quitado hierro al asunto. ¿Quizá esperaba un «Tú también me gustas»? No lo sé, porque a veces este chico me confunde un poco. En algunos momentos parece que me mira más de la cuenta y que tontea conmigo, y en otros me ignora por completo. No lo tengo claro. ¿Le gusto o es que es así con todo el mundo?

A mí me parece un chico muy interesante, aparte de que también es guapillo, pero esta manera de actuar conmigo me tiene un poco perdida. ¿Puede ser que yo crea que le gusto, pero en realidad no le gusto? Incluso hoy cuando me ha dicho: «A mí también me gustas» creo que ha sido como amigos. Es que también te puede gustar mucho alguien solo como amigo, ¿verdad? Tampoco ha intentado darme un beso ni nada parecido. Sí es verdad que en alguna ocasión hemos estado más cerca de lo normal, pero a eso lo llamo yo coquetear. Y el coqueteo no siempre implica que estés interesado de verdad en esa persona, sino que es como un juego.

En cuanto a Kaiden... Con él es todo muy distinto.

Para empezar, la mayoría de nuestras miradas son intensas y más largas de lo normal. Es como si nos quedáramos hipnotizados el uno con el otro. O yo me quedo hipnotizada, eso seguro... Tengo la sensación de entrar dentro de él y que durante unos segundos somos solo una persona. Reconozco que en esos momentos sería capaz de hacer cualquier cosa porque creo que pierdo el control de mi cuerpo por completo. Es muy difícil de explicar...

Además, Kaiden me ha besado. Bueno, sí, sí, nos hemos besado, porque yo también lo besé.

Ay, fue tan... nivel Dios.

Cada vez que lo recuerdo se me encoge el corazón. Y eso significa que Kaiden me gusta con todas las letras, a pesar de que lo nuestro parece una montaña rusa y que cada dos por tres estamos mosqueados. Es que el beso que le dio Lola delante de mis narices me supo fatal y ayer se portó como un idiota en la cafetería. Pero no sé qué me pasa que lo perdono demasiado rápido, ¿es o no es? Debería seguir cabreada con él por comportarse como un tonto, pero hoy me ha pillado con la guardia baja cuando ha aparecido con la moto.

Estaba tan... guapo.

Realmente los dos son guapos.

Y listos.

Y divertidos.

¿Podría tener dos novios? Hay gente que tiene ese tipo de relaciones.

Me río avergonzada porque dudo que pudiera ser ese tipo de persona, aunque, pensándolo bien..., no estaría nada mal, ¿eh?

CAPÍTULO 30
Kaiden

Emma y yo nos parecemos mucho cuando nos enfadamos. En el momento es mejor no hablar, pero cuando ha pasado el rato ambos somos capaces de charlar con tranquilidad. Y no somos rencorosos, eso también es importante.

Acabo de escribirme con ella por WhatsApp y ya tengo ganas de mandarle otro mensaje, pero me las aguanto.

Varios amigos me escriben por Instagram para preguntarme si es verdad que ya tengo la moto, pero no me apetece responderles. A la única persona que respondo es a Lola porque me siento bastante culpable por mi manera de actuar con ella.

Lola:
¿En serio ya la tienes?

Kaiden:
Sí, eso parece.

Lola:
Vaya, espero que me des una vuelta.

Kaiden:

Claro, pero antes quiero hablar contigo.

Durante unos segundos no recibo respuesta e imagino que Lola está pensando el porqué de esa charla.

Lola:

Supongo que ahora no me dirás el motivo.

Kaiden:

No, por aquí no.

Lola:

Vale, entonces me paso por tu casa. No tardo nada.

Kaiden:

No, Lola, no hace falta. Nos vemos mañana.

Lola:

Es que yo así no voy a poder dormir...

Ya, imagino que yo tampoco podría.

Kaiden:
Pues ya voy yo
a tu casa.

Lola:
No, tranquilo. He salido
y me viene de paso.

Kaiden:
Está bien.

Lola:
En cuanto esté abajo te
hago una perdida.

Kaiden:
Perfecto.

Lola:
¿Es algo malo?

Kaiden:
Ahora lo hablamos.

Lola:
Vale, lo pillo.

Cuando nos desconectamos, me quedo quieto en la cama, pensando en Lola. ¿Qué le voy a decir exactamente? No quiero que sepa que la he usado para poner celosa a otra persona. Cuanto más lo pienso, más gilipollas me siento. ¿En qué momento? Pero tendré que decirle que ella no me gusta, o no en el sentido que piensa ella. Y eso va a joderle porque sé que está por mí. ¿Cómo me sentiría yo si Emma me dijera que no le gusto?

Joder, solo de pensarlo se me encoge el estómago.

No me sentaría bien de ninguna manera.

Menuda mierda.

¿No hay un manual para estas cosas? ¿Por qué no lo hay?

—Lola, no me gustas...

No, así de directo no puedo ser a pesar de que no sienta lo mismo que ella siente por mí. No quiero hacerle daño. Es una tía maja...

—Lola, creo que lo nuestro no funcionará...

Pero si no hay nada nuestro, ¿qué estoy diciendo?

—Lola, no estoy interesado en tener pareja...

¿Y si me ve que pierdo el culo por Emma?

En ese momento suena mi móvil. Es Lola.

—¡Dios!

Me levanto de la cama cabreado conmigo mismo, dispuesto a salir de casa como un cohete para encontrarme con ella.

—Kaiden, ¿ocurre algo? —me pregunta mi madre al ver mi ceño fruncido.

—Eh... No, nada, nada.

—Te he oído. La última frase...

Abro los ojos sorprendido.

—Lo mejor es siempre decir la verdad —me dice con tranquilidad—. Nadie podrá decirte que le has tomado el pelo o que no has tenido en cuenta sus sentimientos.

Asiento con la cabeza y bajo a la calle.

Decir la verdad. Sí, supongo que mi madre tiene razón, pero no lo veo tan fácil porque me da que a Lola la verdad no le va a gustar un pelo.

—Hola... —me saluda con una gran sonrisa.

—Lola.

Nos damos dos besos.

—¿Andamos un poco por aquí? —me pregunta con dulzura.

Joder, no quiero tener esta charla.

—Sí, mejor. Siempre hay algún vecino que puede poner la oreja.

Lola suelta una risilla y yo la miro sonriendo. Estoy seguro de que la mayoría de mis amigos me dirían que soy imbécil por rechazarla porque es guapa, divertida, lista...

—Venga, ¿qué es eso que quieres decirme?

—No sé por dónde empezar.

—¿Es sobre nosotros?

La miro y asiento serio. A ella le desaparece la sonrisa. Lo que daría en ese momento por estar en otro lado.

—A ver, Lola, creo que podemos ser muy buenos amigos, pero nada más.

Alza las cejas y no dice nada.

—Me gustas en plan amiga, eso es evidente...

—Pero no en plan romántico o sexual.

—Exacto, y no quiero hacerte daño.

—Ya. ¿Y te gusta alguien?

—Sí, no quiero mentirte.

Lola asiente con la cabeza y damos varios pasos en silencio. ¿Ahora es cuando me va a mandar a la mierda por abrazarla ayer en la cafetería?

—Vale, lo entiendo. Pero a mí me gustas tú. Y mucho.

Nos miramos unos segundos, yo sin entenderla demasiado.

—Y, aunque te guste otra, me sigues gustando, eso es inevitable. Así que no voy a rendirme. No soy de las que se ponen a llorar por cosas así, al contrario, a mí me van los retos.

Nos detenemos y nos quedamos mirándonos. Estoy realmente asombrado con ella.

—Eso no quiere decir que vaya a acosarte, pero no vas a dejar de gustarme.

—Pensaba que te ibas a cabrear. Mucho.

—Te gusta otra chica, vale. Pero en el mundo la gente cada día cambia de opinión cada cinco minutos. Soy optimista.

—Ya veo...

—¿De qué me sirve enfadarme contigo? No quiero alejarme de ti.

Joder, nunca hubiera pensado que Lola reaccionaría así. Y es que además veo que todo lo dice tiene mucha lógica.

Su mano pasa por mi mejilla, me sonríe y me da un beso al lado de los labios, pero sin tocarlos.

—Yo seguiré por aquí —suelta antes de darse la vuelta para irse.

Me quedo flipado, en el sitio, mirándola. Y ella lo sabe porque se contonea como una modelo andando por una pasarela.

Vaya con Lola...

Cuando entro en la portería de casa, oigo unas voces en la escalera y me detengo al escuchar a mi padre.

—No te preocupes, no sabe nada.

—¿Seguro?

—Que sí, puedes estar tranquila —dice mi padre en un tono más bajo.

—Vale. No quiero líos.

—Yo tampoco, vecinita.

¿Vecinita? Joder, qué asco.

Para mí está claro de qué hablan.

Sigo subiendo, no pienso esconderme. Que se escondan ellos.

—Adiósss...

La vecina cierra la puerta cuando yo llego a su rellano. Mi padre me mira sorprendido y nos quedamos cara a cara.

—¿Vecinita? —salto sin poder evitarlo.

Debería callarme, lo sé, pero es que la rabia me puede. ¿Qué cojones está haciendo con la vecina? ¿Realmente está engañando a mi madre?

—Estábamos hablando del cumpleaños de su marido.

Lo miro parpadeando varias veces. ¿Se cree que me lo voy a tragar?

—Sí, claro.

—Kaiden, a lo tuyo —me avisa con gravedad.

Lo mío sería ahora mismo entrar en casa y decirle a mi madre todo lo que acabo de oír, pero no quiero hacerle daño de esa manera. Además, mi padre lo negará todo. Lo tengo clarísimo.

—Yo ya sé lo que es lo mío.

Subo las escaleras de dos en dos. Ya casi he llegado.

—¿Y tú? ¿Lo sabes tú? —le pregunto con desprecio.

CAPÍTULO 31
Emma

Esta semana me ha pasado volando y creo que es porque por fin Noa va a venir a casa. ¡No me lo creo! He ido tachando los días con la esperanza de que en esta ocasión a sus padres no les surja un imprevisto de última hora. Pero no, según me ha dicho hace un momento, en quince minutos estarán aquí.

¡Qué nervios!

Tengo mil ganas de verla, de abrazarla y de pasarme las horas charlando con ella. En mi vida hay novedades, claro, pero en la suya también y las dos necesitamos vernos de una vez. Nunca hemos estado tanto tiempo separadas y nos echamos de menos a pesar de que hablamos cada día. Y es que no es lo mismo. No es lo mismo hablar con ella sin tenerla delante. Sin ver cómo se mueven sus rizos cuando gesticula. Sin ver cómo abre los ojos cuando me cuenta algo de lo más interesante o sin ver cómo me muestra todos sus dientes blancos cuando se ríe. Noa tiene una de las risas más contagiosas que he oído nunca y me encanta cuando nos entra la risa tonta y no podemos parar.

Noa:

Cinco minutos y soy toda tuya.

Emma:

¡¡¡Ayyy, voy bajando!!!

Noa:

¿Estás igual de histérica que yo? Jajaja.

Emma:

Lo estoy, jajaja.

Salgo de casa como una bala. Mi madre me dice algo, pero ni la escucho. Ahora mi prioridad es Noa.

Sus padres se van a quedar a merendar y después se marchan a Barcelona de nuevo. El domingo la recogerán. Así que tenemos dos días para estar juntas. Nos parece increíble porque hace una eternidad que hablamos de vernos.

En cuanto vislumbro su coche al final de la calle me pongo nerviosa.

—¡Noa, Noa! —la saludo con la mano cuando veo su cabeza por la ventanilla.

Al verme, sonríe y agita las dos manos con entusiasmo. En cuanto aparcan y sale del vehículo, nos abrazamos con efusión.

—¡Emma!

—¡Noaaa!

Nos separamos con ganas de darnos un buen repaso.

—Estás más alta, y más guapa, y más de todo —me dice con rapidez.

Nos reímos las dos porque ahora mismo parece más una abuela que mi amiga del alma.

—Tú sí que estás guapa —le digo abrazándola de nuevo.

Nos quedamos en silencio, sintiéndonos.

«Bufff, cuánto tiempo...».

Necesitaba sus abrazos. Parece que en segundos todos mis problemas desaparecen por arte de magia. Ni Mar ni Kaiden ni Diego. No hay nada más que Noa.

Sus padres me saludan y nos separamos para subir a casa. Ambas nos vamos echando miradas y soltando risillas de felicidad. Nos entendemos así; en muchas ocasiones no nos hace faltar ni hablar.

Mis padres los reciben con mucho cariño y Nico bromea con Noa, como hacía siempre en Barcelona.

—Vamos a mi habitación —le digo contenta.

—Sí, quiero conocer a tu gatito.

—Verás qué mono es... —le comento cerrando la puerta.

Peque está en su camita y nos mira a las dos con curiosidad cuando nos acercamos.

—Ostras, qué pequeñooo. ¿Puedo cogerlo?

—Sí, claro.

Lo trata con la misma delicadeza que yo y se lo queda entre los brazos mientras empezamos a hablar de nuestras cosas.

Noa sigue en el mismo instituto, pero han llegado alumnos nuevos y eso siempre supone noticias frescas.

Hay un chico de los nuevos que le gusta, es de su misma clase y le cuesta un año concentrarse. Charlamos de ese chico durante un buen rato hasta que ella me pregunta por Kaiden y Diego. Suspiro exageradamente y nos reímos de nuevo. Le explico con detalle todo lo último que ha ido pasando: que Diego vino a casa para conocer a Peque y la inesperada aparición de Kaiden.

—Me muero por conocer a Kaiden, en serio. Parece un tío de película. ¿En serio no sabías que era él?

—Qué va. Cuando se quitó el casco, casi me caigo de culo.

Estallamos en carcajadas de nuevo.

—Es que no es para menos, joder. Y encima se disculpó...

—Sí, eso me gusta mucho de él. Si mete la pata, es capaz de pedir perdón sin problemas. Es un poco orgulloso, pero sabe cuándo la ha cagado.

—Eso mola.

—Mucho.

—No se parece en nada a Roberto en ése sentido.

—Roberto siempre negaba sus pifiadas. Ayer mismo me escribió de nuevo. Qué pesado es...

—Es el típico que no soporta perder en nada.

—Pues más claro no se lo puedo decir. Pero él sigue insistiendo en venir. Dice que aparecerá por sorpresa cualquier día.

—Lleva días diciendo eso, ¿no?

—Sí, fijo que es otra de sus mentiras. Y mejor, ¿eh? No tengo ganas de verlo ni de tener que decirle otra vez que paso de él.

—No entiendo a la peña que no entiende un «no».

—Ya, mira que es fácil.

Observo a mi mejor amiga con Peque en brazos y sonrío.

—Ojalá estuvieras aquí siempre.

Noa me mira mucho más seria.

—Ojalá. Pero no dejaremos de ser las mejores amigas, ¿verdad? —pregunta con gravedad.

—No, claro que no. Seremos como esas parejas que salen a distancia.

Nos reímos por la comparación y seguimos charlando un rato más, hasta que decidimos salir a dar un paseo. Tengo muchas ganas de enseñarle la ciudad, el puerto y los lugares a los que suelo ir.

—Peque no se viene, ¿no?

Me río de nuevo.

—Creo que es mejor que se quede en casa.

Noa lo deja en su cama con cuidado y vamos al salón a pedir permiso a nuestros padres para dar un paseo. Noa se despide de los suyos hasta el domingo y, en cuanto salimos por el portal, me coge del brazo y andamos a buen ritmo hacia el puerto.

—¿Dónde están esos chicos guapos?

Estallamos en risas y le explico que probablemente estén en el campo de futbol. Hoy tienen entreno.

—Pues el puerto me lo enseñas mañana.

La miro con gesto interrogante, pero con una gran sonrisa.

—¿En serio?

—Ostras, es que me muero de curiosidad.

—Pues media vuelta —le digo cambiando de dirección—. El centro deportivo está hacia el otro lado.

—¿Y estarán tus amigas?

—Pues no lo sé. Beatriz se iba de compras con su madre y Daniela estará por allí porque también tenemos entreno de atletismo. Hoy me lo he saltado.

—También tengo ganas de conocerlas a ellas. Y a la víbora, para ver si tiene ovarios de decir algo delante de mí.

Noa hace una llave de karate al aire y nos reímos otra vez.

—Estás loca.

—Loca se va a quedar ella como me mire mal.

Me río, pero sé que Noa no tiene el mismo aguante que yo cuando se meten con ella. Se le acaba la paciencia en cero coma.

En cuanto llego al centro deportivo, alguien me llama.

—¡Emma!

Es Kaiden, que acaba de aparcar la moto y se está quitando el casco.

—*Oh, my God...* Es él —murmura Noa.

—Sí —le digo sin mover los labios—. Hola, Kaiden.

Se acerca a nosotros andando con seguridad y con los ojos clavados en mí. Solo cuando llega a nuestro lado, mira a Noa.

—Vaya, eres Noa, ¿verdad?

—La misma, y tú eres el chico de Bachillerato.

—Uno de ellos —le responde Kaiden riendo.

Se han caído bien, lo veo clarísimo.

—Holaaa...

Nos volvemos al oír a Diego. Genial, los dos al mismo tiempo.

—Hola, Diego —le saludo.

—¿Eres Noa? —le pregunta él sin cortarse mientras le da dos besos.

—Vaya, parece que me conocéis todos —responde ella, divertida.

—Alguien nos ha hablado de ti —dice Kaiden mirándome de nuevo.

Desvío la mirada porque no quiero coquetear con él delante de Diego.

—¡Vamos, chicos, que se hace tarde! —grita alguien desde el otro lado.

Diego y Kaiden nos dicen adiós con rapidez y se van a los vestuarios.

Noa y yo los miramos sin decir nada hasta que ella me mira y alza una de sus cejas.

—*Oh-My-God*.

—Sin comentarios —le digo mientras entramos en el centro.

Noa me coge del brazo de nuevo.

—Así me he quedado: sin palabras.

—Son feíllos, ¿verdad?

—Muchooo.

Volvemos a reír por milésima vez.

Madre mía, cuánto la echaba de menos.

CAPÍTULO 32
Kaiden

—Bien, Kaiden, sigue así —me indica el entrenador al pasar por su lado con la pelota en los pies.

Corro todo lo que puedo y hago un pase con el que logramos otro gol.

—Joder, bro, estás que te sales —me dice Aarón dándome una palmada en la espalda—. ¿No será por la rubia?

—Qué va...

—No sé yo...

Emma y Noa se han sentado en las gradas para vernos. Al principio no me la he quitado de la cabeza y de vez en cuando le he echado una miradita, pero después me he centrado en el entreno. Si Emma entra en mi cabeza, hay poco espacio para lo demás y mañana tenemos un partido importante.

Cuando terminamos, vamos a los vestuarios a ducharnos. Aarón y yo acabamos antes de lo normal porque quiero decirle adiós a Emma antes de que se marche con su amiga.

—Parece que tenéis prisa —nos dice Iván, riéndose. Nos está esperando en la salida de los vestuarios.

Lo saludo con una gran sonrisa.

—¿Qué tal vuestro entreno? —le pregunto.

—Bien, aunque hemos salido diez minutos antes porque el entrenador tenía no sé qué historia.

—Allí está Emma con Beatriz y Noa —dice Aarón.

—Vaya, ¿sabías que venía Beatriz? —le pregunto.

—No tenía ni idea, me había dicho que estaba de compras.

—¿Esa es Noa? Joder, qué mona, ¿no? —dice Iván bajando el tono porque nos acercamos a ellas.

—Tengo ganas de conocerla —dice Aarón sonriendo.

Las tres están al lado de uno de los campos de fútbol, charlando entre ellas. En cuanto nos ven se callan y nos miran sonriendo.

Nos saludamos y presentamos a Iván para que Noa lo conozca.

—Encantada —le dice ella colocándose uno de sus largos mechones tras la oreja.

Iván la mira un poco embobado, y eso que el tío no deja de repetir que pasa de las tías. Menos mal.

—¿Hasta cuándo te quedas? —le pregunta Iván.

—El domingo por la tarde me vienen a buscar mis padres.

—Qué poco... —dice él, provocando una risilla de Noa.

—La verdad es que sí. La próxima vez vendré más días.

—Por lo menos una semana —le pide Emma con cariño.

—O dos —comenta Iván haciéndonos reír a todos.

Emma y yo nos miramos unos segundos de más. Me encantaría coger su mano y llevármela de allí para pasear mientras charlamos un rato de nuestras cosas. Pero no puede ser porque está con su amiga.

—¿Mañana tenéis plan? Porque podemos hacer de guías turísticos para Noa —les propongo.

—¿Un *free tour*? —pregunta ella divertida.

—Sí, pero sin pagar nada al final —respondo con la esperanza de que digan que sí. El partido lo tenemos el domingo, así que mañana los tres estamos libres.

—Por mí genial, ¿qué decís? —comenta Noa, dirigiéndose a las chicas.

—¿Nos daréis explicaciones como los guías? —pregunta Beatriz bromeando.

Aarón la mira y se peina los rizos con la mano. Ella sigue su gesto y sonríe.

—Todas las explicaciones que queráis —responde.

—Tete, a ver si nos van a pillar con algo que no sabemos —dice Iván, preocupado.

Todos lo miramos hasta que él mismo empieza a reírse con ganas y nos contagia a los demás.

—Eres muy gracioso —dice Noa.

—Pues lo he pensado en serio —comenta él.

—Ya me lo ha parecido.

Creo que entre Iván y Noa hay cierta conexión. Emma me mira de nuevo, me parece que los dos estamos pensando lo mismo. Pero sé que Iván no quiere liarse con nadie y menos tener una relación a distancia. Con Shula sigue tonteando, aunque, que sepamos, no ha pasado nada más. Se gustan, eso está claro, pero da la impresión de que ninguno de los dos tiene demasiado prisa. A Iván le basta así.

—¿Pues nos vemos mañana? —pregunta Aarón mirando a Beatriz.

—Vale, ¿a las once os va bien? —dice ella sin apartar la mirada.

Todos asentimos con la mirada y decidimos quedar en el puerto.

¡Ya tengo ganas de que sea mañana!

Nos despedimos porque es tarde y Emma comenta que no quiere que su madre se enfade. Le guiño un ojo y me voy a por la moto.

—¡Kaiden!

Me giro y veo que Emma viene hacia mí.

—¿Pasa algo?

—No, nada.

Se pone de puntillas y me da un beso en la mejilla tan suave que me deja noqueado.

—Solo quería decirte que me gustó mucho que vinieras a disculparte y a explicarte. Hasta mañana.

Se va sin que yo hable y la observo mientras se aleja.

Joder, esta chica me está dejando sin neuronas. ¿No debería haberle dicho algo?

Imagino que ya lo sabe: que a mí lo que me gusta mucho es ella.

—Kaiden, ¿vas a tu casa?

Me vuelvo al oír a Lola. No sabía que estaba por allí, no la había visto.

—Eh, sí —le digo buscando a Emma de nuevo.

Tengo que comentarle que he hablado con Lola y que he sido sincero con ella.

Veo que Emma y sus amigas desaparecen de mi campo de visión.

—¿Puedes llevarme? ¿O ya llevas a alguien?

Lo pregunta en plan amiga. No veo que haya ninguna otra intención.

—Sí, claro. Me viene de paso.

—Qué guay, es una pasada de moto.

—Lo es.

—¿Es una Honda CBR 125?

—Sí...

—Con un motor monocilíndrico de cuatro tiempos, con dos válvulas y refrigerado por agua.

Abro los ojos asombrado. ¿Desde cuándo Lola sabe tanto de motos?

—Tiene unos trece caballos de potencia, ¿verdad?

—Pues sí, pero ¿por qué sabes todo eso?

—Ah, porque mi padre ve todos esos programas sobre motos y yo me acoplo. También me gustan.

—Vaya, menuda sorpresa.

—A las chicas también nos gustan las motos, por si no lo sabías.

Suelto una risotada y ella también se ríe.

—Anda sube, motorista.

Lola se sienta con agilidad y me coge de la cintura con firmeza.

Durante el viaje cada vez se acerca más a mi espalda hasta que casi está encima de mí. No me importa que lo haga, pero creo que si alguien nos ve por la calle va a pensar lo que no es. Pero ¿qué le digo? ¿«Lola, no te me arrimes tanto»? Si lo hago, voy a parecer un borde de los grandes.

Llegamos a su casa y ella sigue apoyada en mi espalda.

—¿Lola?

—Ay, perdona. No me había dado cuenta de que ya habíamos llegado. Me encanta la sensación.

—Sí, la verdad es que mola sentir la velocidad.

—¿Te imaginas hacer carreras? —me pregunta con entusiasmo mientras me devuelve el casco.

—Buf, ni se me va a ocurrir.

—¿Y eso?

—Si me pillaran, mi padre me mataría.

—¿Es muy severo?

La miro pensando qué responder: ¿«Pasa de mí, pero al mismo tiempo siempre me está dando por culo»?

—A ratos —contesto sin ganas de seguir hablando de él. Me cuesta mucho hablar de mi padre. Creo que los únicos que saben lo mal que me llevo con él son Aarón e Iván.

Está claro que me avergüenzo de tener un padre que parece no quererme, a pesar de que la culpa no es mía.

—Los padres son así. Siempre están preocupados y creen que somos unos críos. Hay pocos padres que nos entiendan realmente, ¿no crees?

—Pues sí. Todos van a su puta bola y no se enteran de la mitad.

—Ya ves, son como de otro planeta. Y eso que también han sido jóvenes.

—Deben de haberse olvidado de ello, ¿no crees?

Nos reímos los dos al mismo tiempo y Lola me mira con una intensidad que me incomoda. Le sonrío y me pongo el casco.

—Bueno, me largo antes de que mi padre se crea que me he fugado con la moto.

—Eh, si te fugas, piensa en mí. No me importaría vivir una aventura así.

Sonrío y niego con la cabeza mientras arranco.

—¡Adiós, guapo! ¡Y gracias!

La saludo con la mano y me voy alejando despacio por la calle, así que puedo ver a Mar y a un par de amigas suyas. Están en la esquina con el móvil en la mano. Creo que una de ellas vive por esa zona, pero no estoy seguro. En cuanto me alejo de allí, me olvido de ellas y pienso únicamente en Emma. En Emma y en mañana. Vamos a pasar unas cuantas horas juntos y me muero de ganas.

Emma, Emma, ¿demasiada Emma?

Tal vez, pero no lo puedo evitar.

CAPÍTULO 33
Emma

Noa y yo apenas hemos dormido entre charla y charla. Es que tenemos que explicarnos un millón de cosas y con un fin de semana no vamos a tener suficiente. Ojalá pudiera quedarse más tiempo, pero debemos ser realistas, así que hemos intentado estar despiertas la mayor parte de la noche para explicarnos todo lo que nos ha ido sucediendo desde que me fui de Barcelona.

—¿Estás nerviosa? —me pregunta divertida mientras salimos de casa para ir al puerto.

Ya es la hora y no queremos ser las últimas.

—Eh, no, no.

Nos reímos al mismo tiempo porque las dos sabemos que un poco nerviosa sí que estoy. Quedar con Kaiden y sus amigos no es algo que haga cada día, a pesar de que lo veo casi a diario. Esto es distinto, no es una cita a solas, pero vamos a estar unas cuantas horas juntos paseando.

—Bueno, ya sabes, si necesitas que te rescate en algún momento, tú tose muy fuerte.

Nos reímos, aunque no bromea. No sería la primera vez que una de las dos le echa una mano a la otra con esa señal.

Pasamos a buscar a Beatriz, que ya nos espera en su portal.

Luego, mientras vamos hacia donde hemos quedado con los chicos, hablamos entre nosotras. Estoy contenta también porque mis dos amigas se han caído bien. No estaba especialmente preocupada por eso, pero en un momento dado sí que pensé en la posibilidad de que, por lo que fuera, no conectaran. Todo puede ser, y eso hubiera sido un buen problema. Pero es verdad que estaba casi segura de que todo iba a ir bien. Y así ha sido.

Al cabo de un rato, vemos a tres chicos a lo lejos, al principio del paseo del puerto.

—Son ellos —dice Beatriz.

Noa mira el reloj y sonríe.

—Puntuales como un reloj inglés.

Kaiden está de espaldas y puedo observar bien su figura mientras nos vamos acercando. Aún no nos han visto porque los tres están mirando algo en el mar. Durante unos segundos me imagino con él en la moto, con mi cara apoyada en su espalda...

Vale, mejor dejo mis sueños a un lado.

Aarón se vuelve en nuestra dirección y nos ve. Nos saluda con la mano y entonces Kaiden e Iván se giran también. Nos saludamos todos del mismo modo y no sé por qué nos da la risa. ¿Serán los nervios? ¿Estará Kaiden también nervioso? Nuestras miradas se cruzan y nos sonreímos. No me parece nervioso, al contrario: me parece que controla mucho mejor que yo la situación.

—Por lo visto, somos todos puntuales —me dice.

—Os habéis adelantado —le digo bromeando.

—No me gusta que me esperen.

—A mí tampoco, siempre voy mirando el reloj —contesto, coqueta.

—Yo igual.

Nos miramos como si aquella coincidencia fuese algo extraordinario. Pero no es porque a los dos nos guste llegar pronto, es que cuando nos miramos más de tres segundos a los ojos nos pasa eso: nos quedamos pillados el uno en el otro.

Es inevitable.

Como si una magia extraña nos rodeara y nos llevara a mirarnos de ese modo. Desaparece todo y solo quedamos él y yo. Una sensación que solo he vivido con él.

Lo confieso.

Y también confieso que me encanta.

—¿Vamos? —pregunta Aarón, cortando aquella mirada.

Empezamos a andar por el paseo y de vez en cuando le vamos explicando a Noa lo más emblemático del puerto. Sin darnos cuenta, Iván acapara toda su atención y termina siendo su guía particular. Sonrío al pensar que de aquí podrían salir perfectamente tres parejas, pero todo es más complicado de lo que parece.

Beatriz no tiene ninguna prisa en liarse con Aarón y, por lo visto, él lo está respetando. Tontean, charlan, ríen y se escriben todo el día por el móvil, pero ninguno de los dos ha ido más allá. Creo que él tiene miedo de meter la pata y perder lo que ahora mismo fluye entre ellos. Y ella no lo tiene claro. O sea, le gusta mucho, eso lo sé seguro, pero también le encanta ir por libre, no tener que dar explicaciones a nadie y hacer lo que quiere. Cuando le digo que todo eso es posible aunque tengas pareja, me mira y pone los ojos en blanco, en plan «sí, claro». Pero es que se lo digo porque lo creo de verdad.

En cuanto a Noa... Noa es de esas personas que se hacen con todo el mundo y que caen siempre bien porque es un encanto. No me extraña que Iván pierda un poco el culo por ella. Mi amiga me ha dicho que es un chico muy mono y divertido, pero que nunca tendría una relación a distancia. Menudo palo para los dos.

Y, si hablamos de Kaiden y de mí..., ufff. Parece que nuestro camino está lleno de piedras y que cuando estamos bien pasa algo que lo jode todo.

—Estás muy pensativa —me dice colocándose a mi lado.

—¿Eh...? No, qué va...

Por suerte, no puede leerme la mente como algunos de los protagonistas de los libros de fantasía.

—Vamos, cuéntame.

—¿El qué?

—Lo que hay ahí dentro —dice señalando mi cabeza.

—Necesitas un pase vip.

—Vaya, vaya. ¿Y cómo se consigue ese pase?

—Uy, no es fácil —contesto bromeando.

—A mí me gustan los retos.

—Pues es cuestión de confianza, de tiempo y de...

—¿De qué más?

—De que me caigas bien, porque, si no, no entras, fijo.

Los dos soltamos una risilla.

—Vale, el tiempo y la confianza van cogidos de la mano. Así que a esperar, pero primero tendré que saber si te caigo bien.

Nos miramos unos segundos y me echo a reír.

—¿Tú qué crees?

—No lo sé. A veces, las chicas decís una cosa y significa otra.

—Eso es un tópico...

—Sí, quizá sí. Entonces lo mejor es que me respondas tú. Emma, ¿te caigo bien?

Sonrío y niego con la cabeza.

—¡¿Eso es que no?!

—Nooo, no digo eso. Es que estás chalado.

—Puede ser, no te voy a decir que no, pero no me has respondido.

—Kaiden, me caes bien.

—¿Solo bien o muy bien? —pregunta con una rapidez que me hace reír una vez más.

Demasiadas risas con él...

—Muy bien.

—Genial. Ya tengo uno de los tres requisitos que necesito para entrar en tu cabeza. Tú también me caes muy bien, por si quieres saberlo.

—¿Y qué más necesito para entrar en tu cabeza?

Kaiden se pone más serio.

—Sí, lo de la confianza es básico. ¿Te imaginas explicar tus cosas a alguien en quien no sabes si puedes confiar?

Lo miro alzando las cejas.

—Vaya, eres de los chicos que hablan de sus cosas.

—Obvio, con aquí mis dos amigos. Ellos lo saben todo de mí.

—¿Todo? —le pregunto con picardía.

Suelta una risotada.

—Bueno, casi todo. Tal vez tardo un poco en decirles algunas cosas, pero acabo soltándolas.

—A veces hay cosas que prefieres guardártelas —digo. Pienso en nuestro beso en el instituto.

—Exacto —responde mirándome fijamente.

¿Estará pensando en lo mismo? Creo que sí.

Sonríe y me roza la mano con dulzura antes de enganchar su dedo con uno mío. Siento que me arde toda la mano. No quiero que me suelte, pero, en cuanto nuestros amigos se giren, nos separaremos los dos. Trago saliva y paseo con él de ese modo sintiendo que todo el mundo está concentrado en ese trocito de piel de mi mano.

Madre mía...

CAPÍTULO 34
Kaiden

Con otra chica no hubiera tenido reparo en ir más rápido, pero con Emma..., con Emma las cosas son distintas. Siento que lo nuestro tiene una marcha mucho más lenta, y no me parece mal, al contrario. Creo que los dos necesitamos ir a ese ritmo para conocernos y poder acercarnos el uno al otro sin desconfianzas.

Además, me gusta. Sí, reconozco que todo este tonteo con ella me da la vida. No sé, es un poco raro... Aarón dice que estamos demasiado acostumbrados a liarnos rápidamente con las chicas, que solemos enrollarnos con ellas y después conocerlas. Y tiene razón, casi siempre es así. Hacerlo al revés también mola, tanto que solo con rozar los dedos de Emma me da la impresión de que estoy en una montaña rusa por el cosquilleo que siento en la nuca. Y creo que a ella le ocurre lo mismo. Me da que puedo oír su corazón desde aquí.

En cuanto nuestros amigos se vuelven para hablarnos, nuestras manos se separan de forma automática. Los dos reaccionamos del mismo modo y eso me hace sonreír. Aarón me mira achicando los ojos. Está intentando averiguar por qué sonrío de esa forma. Nos conocemos demasiado. En cuanto puede, se coloca a mi lado.

—¿Qué pasa? —me pregunta cuando nadie nos oye.

—Nada, ¿por?

Alargo mi sonrisa porque él es como un jodido policía cuando se lo propone.

—Porque he visto tu risilla de hace un momento.

—Has visto mal.

—Vamos, bro, a mí no me engañas. ¿Os habéis besado escondidos detrás de las sirenas?

—Venga ya —le respondo riendo.

Estoy seguro de que a Emma no le gustaría nada que la besara en medio de la calle, aunque fuera detrás de las enormes sirenas que están en medio del paseo.

—¿Entonces?

—Vas a ganar a Iván en chismoso.

—Brooo, eso es imposible.

Nos reímos y nos miramos con complicidad. Al final voy a tener que decírselo, pero me da un poco de corte: solo ha sido un simple roce.

—No ha sido nada. Solo le he cogido un dedo.

—¿Un dedo? —pregunta bajando el tono.

Lo miro y me río antes de cogerle un dedo con el mío para mostrárselo.

Él mira nuestras manos y asiente con la cabeza.

—Eres el jefe —me dice muy en serio.

Estallamos a reír y, por suerte, nuestras manos se separan justo en el mismo momento en que las chicas se vuelven para mirarnos con gesto interrogante.

—Kaiden es muy tonto —dice Aarón aún riendo.

—Seguro que te ha explicado el mismo chiste de siempre —comenta Iván mirándonos.

—¿Qué chiste? —pregunta Noa sonriendo.

—Vaya, ahí está Mar... —dice Beatriz en un tono despectivo.

Sigo su mirada, como todos los demás. Va con una de sus amigas y está a pocos pasos de nosotros. Cuando ve que la estamos mirando, se coloca bien el pelo y alza la barbilla.

—¿Es esa? —pregunta Noa.

—La misma —responde Emma.

Imagino que le ha explicado todo lo que ha ocurrido con Mar.

—Ya —dice Noa sin quitarle la vista de encima.

Mar y su amiga se detienen y nos sonríen como si nada.

—¿Miráis algo en concreto? —nos pregunta de forma poco amigable.

—Pensaba que en el mar no había insectos —comenta Noa como si nada—. Te llamas Mar, ¿verdad?

Mar abre mucho los ojos y la mira con rabia.

A los demás se nos escapa la risa.

Joder con Noa.

—¿Y tú quién eres? —le escupe borrando su falsa sonrisa.

—Alguien con quien tendrías problemas si viviera aquí. Te lo aseguro.

—Vale, ya sé quién eres. La amiguita abandonada.

Noa la mira fijamente.

Supongo que Mar ha visto el Instagram de Emma, por eso sabe quién es Noa.

—¿Sabes qué? Quizá, aunque no viva aquí, tengas esos problemas conmigo igualmente.

—Ah, ¿sí? ¿Vas a mandarme cartas amenazantes desde tu ciudad?

Está claro que Mar no se acobarda ante nadie. Observo a Emma y veo que tiene ganas de decirle algo, pero se calla porque es Noa quien está discutiendo con ella.

—Quién sabe... Igual con una amiga tuya dentro..., una rata, quiero decir.

—Oye, tía, rata lo serás tú —exclama la amiga de Mar.

Noa se cruza de brazos y la ignora. Solo mira a Mar.

—No sabía que Emma necesitara guardaespaldas.

—Y yo no sabía que eres más patética de lo que me había imaginado.

Mar da un paso hacia ella. Espero que no se le ocurra usar la violencia porque no quiero que montemos un numerito en medio del paseo.

—A ver, chicas, vamos a dejar de discutir, ¿os parece? —dice Iván intentando poner paz.

Noa lo mira un segundo y entonces su gesto se relaja.

Mar y su amiga aprovechan ese momento para irse con la cabeza bien alta.

—Ay, Emma, lo siento —dice Noa.

—No, tranquila...

—Es que cuando la he visto me ha subido la sangre a la cabeza.

—Tiene ese efecto en la gente —dice Beatriz.

—Espero que esto no te perjudique, pero es que le hubiera dicho mil cosas más.

—Qué va —le responde Emma—, no necesita ninguna razón para meterse conmigo.

—Y todo por un tío —añade Beatriz.

Emma y yo nos miramos un segundo.

Hablan de Diego, claro.

—A ver, que Diego mola y es normal que pueda gustarte —dice Noa.

—Pues sí, lo que no es normal es que Mar no se entere de que Diego pasa de ella —comenta Beatriz.

—Y, si a Diego le mola Emma, pues tendrá que aguantarse y punto. ¿Qué es eso de ir acosando a la gente? —sigue Noa.

—Es imbécil, la pobre...

Nosotros tres las escuchamos sin decir nada, pero yo temo acabar oyendo algo que no quiero escuchar. Algo que me confirme que a Emma le gusta Diego de verdad. Así que decido reemprender el paseo y voy hacia uno de los yates que está anclado en el puerto para observarlo más de cerca. No es que me interese especialmente, pero prefiero salir de esa conversación.

Ojos que no ven, corazón que no siente.

Justo en ese momento me llega un mensaje y al sacar el móvil veo que es de Mar. Tendría que bloquearla, pero me da miedo la que pueda liar. Es una foto. Cuando la abro, siento como si alguien me diera un golpe muy fuerte en el pecho y me quedo sin respiración durante unos segundos.

En la foto están Emma y Diego dándose un beso.

265

Al principio me parece que es real, de ahí esa sensación de agobio. Pero, en cuanto me fijo un poco, me doy cuenta de que es un montaje.

—Qué hija de puta —murmuro.

A pesar de que es mentira, no me gusta un pelo. No entiendo cómo Mar es capaz de hacer este tipo de cosas, por mucho trastorno de la conducta que tenga. Está obsesionada con Diego y le da igual lo que se lleve por delante. Le da igual que a mí esa imagen me pueda doler o que alguien pueda pensar que es real. Le da igual todo.

Imagino que carece de empatía. Y eso es peligroso. Muy peligroso.

Cuando alguien se coloca a mi lado, delante del yate, sé que es Emma.

—¿Todo bien?

Le enseño la foto y ella se pone la mano en la boca, impresionada.

—Madre mía, eso es mentira —dice observando la imagen.

Sé que lo es, no me hace falta mirar sus ojos.

—Se nota mucho que lo es.

—¿Ha sido Mar?

—Sí, ha sido ella.

—Joder, qué estúpida. ¿De qué va?

—Debe de ser su manera de querer putearte. Supongo que quiere que nos enfademos o que a mí se me quede en la cabeza esa imagen.

Emma me mira a los ojos y durante unos segundos nos mantenemos callados.

—¿Y se te va a quedar? —me pregunta con tiento.

—Bueno, es inevitable.

—Bórrala —me pide.

—No, puede servir para demostrar que es una mentirosa y una manipuladora. No he borrado ninguno de sus mensajes.

—Pues piensa que es mentira. Eso no ha pasado.

Vale, me está dando más información de la necesaria, pero me gusta saber que no ha pasado nada con Diego.

—Lo recordaré —le digo más tranquilo.

Emma tiene razón, es solo un montaje. No es real. ¿Para qué martirizarme con eso si no ha ocurrido?

—¿Me dejas el móvil? —me pregunta de repente.

Se lo doy y ella lo toquetea con rapidez. Lo coloca delante de nuestras caras y se pone junto a mí para hacer un selfi.

—Sonríe, bro —me dice.

Me río con ganas y ella hace la foto sin pensarlo.

—Ahora ya tienes una imagen mucho mejor.

Me da el móvil y se va con nuestros amigos.

En la foto salgo riendo de verdad y ella está sonriendo con la cabeza apoyada en la mía.

Joder, me encanta...

CAPÍTULO 35
Emma

Mar está enferma u obsesionada, o las dos cosas al mismo tiempo. Ha tenido los ovarios de encararse con Noa, sabiendo que es mi mejor amiga. ¿Y lo de la foto? Cuando la he visto, me ha impresionado un poco, pero está claro que es un montaje, se nota mucho. Kaiden también se ha dado cuenta porque cuando me la ha mostrado estaba muy tranquilo, aunque he notado que no le ha gustado nada verme de esa forma con Diego. Lo entiendo, claro que lo entiendo. Yo sí que lo he visto besándose con Lola y es cierto que son imágenes que cuestan que salgan de tu cabeza. Por eso mismo he pensado que nuestro selfi serviría para que se olvidara de la foto que le ha mandado Mar.

Hemos salido genial.

Cuando me la ha pasado, he pensado que hacemos muy buena pareja. Es la primera foto que tenemos juntos y ha quedado de lo más chula.

Mar es realmente tóxica. Yo la tengo bloqueada en todos lados. No necesito que me dé más por saco. Es muy pesada. No entiendo que no entienda que la vida no funciona así. Ahora, encima, también tiene que molestar a Kaiden. ¿Cuándo va a dejar de ser un problema?

—¿Cómo es posible que Daniela, que dices que es un amor, sea amiga de esa tía? —me dice Noa cuando empezamos a andar.

Hemos decidido continuar el paseo hasta el faro.

—Es increíble, ¿verdad? Daniela es supermaja y en cambio Mar...

—Hay cosas incomprensibles...

—Pues sí...

Estoy cansada de Mar y de sus movidas, así que cambio de tema y, al cabo de un rato, estamos charlando de historias de TikTok, como de los turrones de Peldanyos o lo guapo que sale Bach en todos sus vídeos. Cuando llegamos al faro, nos hacemos varias fotos todos juntos y por separado. Casualmente, yo me hago una con Kaiden, Beatriz con Aarón y Noa con Iván.

«¡Qué *cute*!», pienso intentando no reír.

A la vuelta pasamos por una de las mejores cafeterías de la zona y cogemos algunos dulces para el camino. Aarón insiste en pagarlo todo y al final cedemos entre bromas.

—Es que su madre lo tiene muy bien educado para cuando tenga novia —suelta Iván bromeando.

—Vaya, vaya, pues la novia tendrá suerte con esa suegra —digo yo, siguiéndole el juego.

—Anda, id fuera y dejadme pagar —nos ordena Aarón sonriendo.

—Te ayudo —se ofrece Beatriz.

La verdad es que solo es una bolsa, pero nadie dice nada y salimos dejando a la parejita dentro.

—Me gustan tus amigos —me dice Noa bajito, en un murmullo.

—¿Lo dices por alguno en concreto? —le pregunto divertida.

Estoy de muy buen humor. El paseo ha ido genial y Noa se siente como una más. Todos la tratan como si la conocieran de toda la vida, y ella hace lo mismo con ellos.

—Nooo, lo digo en serio.

—Me alegro, la verdad es que son todos muy majos.

En el camino de vuelta, caminamos a un paso mucho más lento; está claro que nadie tiene ganas de que se acabe la mañana. Cuando toca separarnos, Noa les da su teléfono a los cuatro y ellos hacen lo mismo. Yo sonrío al ver las miraditas entre ella e Iván. Cada vez está más claro que se han gustado, como amigos o como lo que sea, pero la conexión es real. Solo espero que ella no se quede pillada de alguien que vive a una hora en coche de su casa. Sería un palo, pero, bueno, tampoco sería la primera relación a distancia del mundo.

—Hasta otra —le dicen cuando nos vamos.

—Sí, hasta la próxima.

Ya no los vamos a ver más en todo el fin de semana, porque esta tarde mis padres nos llevan al centro comercial y mañana los tres juegan en otra ciudad, así que no podemos ir.

—Una lástima que no jueguen mañana aquí, me hubiera gustado verlos —dice Noa.

—Cuando vengas de nuevo, los iremos a ver aunque jueguen fuera; ya buscaremos la manera.

—Pero Iván juega en otro equipo, ¿no?

—Es verdad... Pues intentaremos que vengas un fin de semana en el que los tres jueguen en casa.

—Venga, sí.

Noa me coge del brazo y vamos juntas a casa charlando de otros temas que no tienen nada que ver con los chicos.

En cuanto entramos por la puerta, mi madre nos saluda con rapidez.

—¿Cómo ha ido?

—Bien, mamá. Hemos estado por el paseo.

—Con tus amigos.

—Sí, claro.

La miro con gesto interrogante.

—Es que he ido a comprar el pan y he cogido el coche.

—¿Y qué?

—Os he visto.

Trago saliva al pensar que mi madre es capaz de haberme visto justo en el momento en que Kaiden y yo íbamos cogidos de la mano.

No, por favor-no, por favor-no, por favor...

Espero que no.

—Ah, vale —le digo simulando estar tranquila.

—Esos chicos son mayores, ¿no?

—Son de Bachillerato, de primero.

—Es que los de nuestra edad son muy enanos —le suelta Noa con su habitual naturalidad. Dice las cosas como las piensa, pero sin maldad, y eso me encanta de ella.

Mi madre la mira pensativa y Noa sigue hablando.

—Quiero decir que son más inmaduros.

—Mamá, si eso ya lo sabes.

—¿Qué quieres decir? —me pregunta extrañada.

—Que tú también has tenido catorce años y que seguro que ibas con chicos más mayores.

Parpadea un par de veces, abre la boca, pero la cierra de inmediato.

—Eso es un sí —digo yo satisfecha.

Si mi madre no replica, es que tengo razón.

—Y eso pasa porque nosotras siempre vamos un paso por delante —dice Noa haciendo gestos exagerados.

Yo me río y mi madre nos mira aún callada.

—No entiendo por qué no dominamos el mundo —le digo a Noa, yendo hacia mi habitación.

—Porque no queremos más curro, nuestras madres y abuelas ya tienen suficiente —suelta ella detrás de mí.

—Noa, parecemos dos tías supermayores hablando así, ¿eh?

—Tía, es que lo somos...

Justo antes de entrar en mi habitación, me vuelvo para ver si mi madre sigue ahí, porque me temo que continúa así: quieta, mirándonos alucinada y sin decir nada.

—¡Mamá!

—¿Qué...?

—Algún día se nos girará la olla y entonces dominaremos el mundo. Que se preparen los chicos.

—¡Eso es! —exclama Noa soltando una enorme carcajada.

Me contagia su risa y entramos las dos en mi cuarto riendo con ganas. Echaba muchísimo de menos su risa contagiosa.

La tarde se nos pasa demasiado rápido y, sin darnos cuenta, volvemos a estar en mi cama charlando y durmiendo a ratos. Estamos muy cansadas y el sueño nos puede, pero las ganas que tenemos de estar juntas provocan que nos vayamos desvelando de vez en cuando para seguir hablando en un tono extrabajo. No queremos despertar a nadie.

Al día siguiente quedamos con Beatriz de nuevo y en el último momento Daniela se apunta. Decidimos desayunar en una cafetería donde hacen el mejor chocolate con churros de la ciudad y después damos un paseo por la zona antigua. Daniela sabe muchos datos históricos y acaba convirtiéndose en una perfecta guía turística. Tanto Noa como yo flipamos con ella. Beatriz no tanto porque ya la conoce.

—Daniela, eres como un libro de historia —le digo, entusiasmada con sus explicaciones.

—Es que me gusta el tema.

—Jo, con lo poco que me gusta a mí —dice Noa.

—A mí tampoco me motiva mucho —la apoya Beatriz—. Bueno, realmente, ¿hay algo que me motive en el instituto?

—Los chicos —le suelto yo riendo.

Nos reímos las cuatro porque parecemos niñas, pero es divertido.

—Vale, y aparte de los chicos, ¿alguna tiene claro qué quiere estudiar? —nos pregunta Daniela.

—Yo creo que haré algún grado, los estoy mirando bien —comenta Noa—. No me apetece nada pasarme dos años más estudiando lo mismo.

—Ya, es un palo —afirma Daniela—. Yo creo que haré Bachillerato y después ni idea.

—Ninguna tenemos ni idea —digo yo, pensando que es realmente complicado escoger unos estudios que marcarán nuestros futuros trabajos.

¿Y si estudias algo y después no te mola trabajar de eso? Meh...

CAPÍTULO 36
Kaiden

Me gustaría pillar a Mar y decirle lo víbora que es porque esa foto de Emma y Diego me ha disgustado más de lo que creía. Es complicado eliminar algo de la cabeza cuando ya lo has visto. Bueno, dejaremos pasar unos días y espero olvidarlo. La verdad es que es algo que podría haber ocurrido o que incluso aún puede ocurrir, porque sé que a Emma le hace gracia Diego y que él está por ella. Casualmente, creo que Mar es la que se interpone entre los dos, quizá sin ella las cosas hubieran ido de otra manera. A saber.

Da igual.

La cuestión es que no están juntos, que esa foto no es real y que Emma y yo volvemos a estar bien.

¿Hasta cuándo?

Sonrío al pensar en esa pregunta.

Pues espero que esta vez dure algo más. Así no hay manera de acercarme a ella, de conocerla más, de tener alguna cita...

Joder, ¿he dicho cita?

Lo he dicho.

Solos los dos.

Me gusta la idea. Mucho. Pero ¿querrá ella?

Está claro que mi cabeza va demasiado rápido.

«Tranquilo, Kaiden, todo a su tiempo».

Mar:

¿No vas a decir nada?

Alucino al ver su mensaje. ¡Qué cara le echa a todo! Me manda una foto que es un montaje y aún tiene el morro de preguntar.

Kaiden:

No tengo nada que decir.

Mar:

Lo tienes crudo si te gusta Emma.

Kaiden:

Más crudo lo tienes tú.

No debería seguirle el rollo, pero no puedo evitarlo. Es que le diría de todo. Menuda *miérder*.

Mar:

Eres un parguela.

Kaiden:

Olvídame, me harás
un favor.

Mar:

¿Con quién te crees que
está ahora mismo?

Sé que Emma está con Noa, en su casa, despidiéndose de ella porque en nada regresa a Barcelona.

Kaiden:

Te iría mejor si no te metieras
en la vida de los demás.

Mar:

Y a ti también si no fueras
tan perdedor.

Resoplo agobiado. Solo sabe insultar. Paso de contestar, pero ella sigue.

Mar:

Esos dos están juntos
y ni te enteras.

Kaiden:

No lo dirás por la foto.

Mar:
¡Pues claro!

Kaiden:
Vamos, Mar, que hasta
un niño de cinco años puede
ver que es falsa.

Mar:
¿Qué dices?

Kaiden:
Lo que tú digas.

Mar:
A mí me la han pasado
y yo la veo real.

Kaiden:
Sí, claro.

Mar:
Y, aunque no lo fuese, está
claro que entre ellos hay alguna cosa.

Kaiden:
Lo que está claro es
que estás obsesionada.

Mar:

Que te den.

Lo está y mucho, así que paso de replicarle de nuevo. ¿Para qué?

Dejo el móvil a un lado y veo que no me escribe nada más. Quizá debería bloquearla, pero prefiero saber qué cartas juega. Mar no es una tipa cualquiera, no está bien de la cabeza y es mejor saber por dónde anda. No te puedes fiar de alguien tan inestable. Bali me comentó que iba a terapia, pero dudo que sea verdad. O eso o le cuenta al psicólogo lo que le da la gana y no le sirve de mucho.

Entiendo que cuando te gusta alguien haces locuras, pero esto se pasa de madre. A mí también me mola mucho Emma, y creo que a Diego también, pero jamás haría ese tipo de cosas por alguien. Mar está cayendo muy bajo. Lo de la foto me parece muy cutre. ¿Qué pretende? Además, sabe que en cualquier momento se lo puedo comentar a Emma. ¿Qué creerá Mar? ¿Que puede liarla sin más? ¿Que nadie se va a enterar de nada? Cualquiera diría que tiene solo cinco años...

—Kaiden...

—¿Mamá?

Mi madre aparece en mi habitación y me sonríe. Yo estoy sentado en la cama, con un libro en las manos, aunque hace rato que no leo nada por culpa de Mar.

—¿Has visto a tu padre?

La miro con gesto interrogante. ¿A mi padre?

—¿Ha desaparecido? —le pregunto extrañado.

Sonríe.

—No, no, sé que ha bajado al bar un momento... Pero pensaba que ya estaba por aquí. Es que me he quedado dormida un rato.

—¿Estás bien?

Es raro que mi madre se duerma a estas horas de la tarde.

—Sí, pero tenía sueño. Nada más.

—Vale. Pues no, no lo he visto.

—Es que no contesta al móvil...

Ambos nos miramos sin decir nada. Mi padre tiene la bonita costumbre de leer los mensajes y no responder. Como si le importara una mierda todo.

—Ya...

—Bueno, imagino que estará a punto de llegar. Tenemos que ir a ver a tu abuela. ¿Quieres venir?

—No, gracias.

—Kaiden...

—Mamá, es un tormento.

—Lo sé, pero es la madre de tu padre.

—Pues que la aguante él.

Y lo digo en serio. Cuando hay reuniones familiares, no me puedo escapar de las críticas de la abuela, así que no es necesario que vaya a su casa a verla.

Es el demonio.

Ambos oímos la puerta y unas risas que suenan por toda la casa. Mi padre y los vecinos.

—Claro que sí, nos tomamos la última —dice contento mi padre.

Mi madre pone los ojos en blanco y se va hacia ellos. Imagino que se deben de haber encontrado en el bar y que mi padre ha terminado invitándolos a casa a tomar un gin-tonic. También supongo que ha olvidado por completo que él y mi madre iban a ir a ver a la abuela.

—¿Y tu madre? —oigo que le pregunta ella en un tono bajo desde el pasillo.

—Ya iremos otro día.

—Es tu madre.

—Pues por eso mismo. No pasa nada.

A mi madre no le encanta ir a ver a su suegra, pero menos tener que aguantar a los vecinos achispados un domingo por la tarde. A veces creo que no tienen vida.

—¿Podemos fumar? —oigo que pregunta Amaya.

—Claro, sin problema —responde mi padre.

Sabe de sobra que mi madre no fuma y que no le gusta el humo ni el pestazo que deja, pero por lo visto le da absolutamente igual. Oigo cómo mi madre entra en la conversación y noto en su tono que no está a gusto. Imagino que preferiría estar sentada en el sofá con su pareja viendo una película de domingo... O haciendo cualquier otra cosa, seguro.

Los oigo que hablan y ríen, sobre todo Amaya y mi padre. El marido de ella es más callado, aunque, cuando le da por decir tonterías, las dice gordas. De repente, oigo las risas de Amaya más de cerca. Imagino que va al baño.

—No toques —la escucho decir.

—Venga, no seas siesa —responde mi padre.

Me pongo en alerta porque no me gusta nada lo que estoy oyendo. ¿Debería mirar?

Saco un poco la cabeza y los veo en el pasillo. Él está pegado a ella, a punto de besarla.

¡Me cago en la puta!

Quiero gritar, pero no me sale la voz. Me siento aterrorizado por lo que estoy a punto de ver...

Mi padre la besa.

Ella se ríe.

¡Me cago en la puta! ¡Qué asco!

CAPÍTULO 37
Emma

Noa y yo tardamos un siglo en despedirnos. Sus padres lo entienden y hacen tiempo charlando con los míos en el salón. Comprenden que después de tantas horas juntas nos cuesta decirnos adiós.

—Es un hasta pronto —dice Noa en un tono triste.

—Lo sé, pero me encantaría que vivieras aquí.

Me mira y sonríe con pesar.

—Ya, esta ciudad mola mucho. No me importaría.

—¿Y dejarías a nuestros amigos?

Bueno, ahora son más bien solo sus amigos.

—¿Por ti? Por supuesto.

Nos abrazamos por décima vez en cinco minutos. Y es que necesitamos esos abrazos porque sabemos que vamos a estar muchos días sin podérnoslos dar.

Es verdad que hablamos cada día. Que nos escribimos mensajes por todas las redes sociales que tenemos. Que no ha habido ni un solo día que no lo hiciéramos.

Pero no es lo mismo.

—En Navidades podrías venir un par de días —me dice ilusionada.

—Lo intentaré, te lo prometo. Voy a empezar a comerle la cabeza a mi madre. Quizá así lo consigo.

—Yo también se lo diré a mis padres para que hagan una invitación formal. Así será más fácil que te dejen.

Ambas suspiramos y nos miramos con tristeza.

Es dura la despedida.

—Lo único que me consuela es saber que tienes buenos amigos. Beatriz es genial y Daniela también parece maja.

—Sí, he tenido suerte.

—Y los chicos son... guapos.

Nos reímos las dos por su manera de decirlo.

—Pero tengo que volver, que no he podido conocer bien a Diego.

Sonreímos de nuevo.

—¿Estarás bien? —me pregunta cogiendo mi mano.

La miro con intensidad. Tengo ganas de llorar, esa es la verdad, pero no quiero despedirme de ella con lágrimas.

—Sí, ¿y tú?

—Sí, esta visita me ha recordado que seguimos siendo las mejores amigas.

—Por supuesto —le digo apretando sus dedos.

Nos abrazamos otra vez justo en el mismo momento en que nuestras madres nos avisan de que Noa y sus padres ya se tienen que ir.

Los acompañamos a los tres hasta el coche, y antes de que ella suba nos damos un último abrazo. Jo, parece como si quisiéramos fusionarnos. Nos reímos por ello y acabamos dándonos un beso tan sonoro que provocamos las risas de nuestros padres.

—Vamos, chicas, que en nada os veis de nuevo —dice mi padre.

Ambas asentimos mirándonos y esbozamos una gran sonrisa. Nada de lágrimas ni malas caras. Las dos sabemos que es mejor así.

Cuando el coche desaparece, subo a casa con mis padres.

—¿Vemos una película de esas de Navidad? —me pregunta mi madre en el ascensor.

La miro agradecida. Sé que intenta animarme.

—Hay un montón en Netflix —dice mi padre—. Me apunto.

Lo miro sorprendida. Sé también que no le gustan nada ese tipo de películas.

—Aunque necesitaré unas palomitas, eso sí —añade, provocando una risilla en mi madre.

Los miro feliz.

—Venga, vamos a ver esa peli —les digo.

Es un buen plan para distraer mi mente durante un rato. Si no, me pondré a pensar en Noa y en lo mucho que ya la echo de menos. Para mí, es como una hermana.

Después de ver la película, mi madre decide preparar la cena y, como no necesita mi ayuda, me voy a la habitación. Cojo la agenda del insti y le doy un repaso. Lo tengo todo al día.

Antes de cerrarla, veo la página donde escribí una lista de mis sueños: un beso de película... Al final, lo he tenido con Kaiden, pero parece que para poder besarlo de nuevo voy a necesitar que pase un año.

Suspiro. Surgen demasiados problemas entre nosotros dos. O quizá no son tantos y a mí me parecen demasiados.

Con Kaiden todo es demasiado.

Sonrío y cojo el bolígrafo para hacer otra lista al lado.

Mis problemas:

1. Parece que Kaiden y yo no avanzamos. ¿Estará nuestra historia gafada?

2. Me gustaría conocer más a Diego, pero tiene que solucionar su historia con Mar.

3. MAR, este es un problema en mayúsculas. Sin más palabras.

4. Tener lejos a Noa no me gusta, pero no puedo hacer NADA.

5. Roberto es muy pesado, sigue insistiendo en vernos. ¿Por qué no me olvida de una vez?

6. Mi madre empieza a ser más permisiva, pero me gustaría que se diera cuenta de que ya soy mayor. ¿Cómo se lo hago entender?

7. Tengo que aceptar que no soy perfecta, a veces me exijo mucho y quiero que en mi vida vaya todo genial.

Leo el último punto y lo subrayo. Está claro que me hago mayor y que soy capaz de darme cuenta de mis fallos.

Cierro la agenda justo en el mismo momento en que me llega un mensaje al móvil. Es de un número desconocido y es una imagen.

La abro sabiendo que no va a ser algo bueno, pero no puedo dejarla sin abrir. La curiosidad me puede.

En la foto está Kaiden en su moto con Lola apoyada en su espalda. Está muy pegada a él y parece estar muy a gusto. Al momento me llega otra donde se les ve sin el casco y riendo mientras charlan. Hay complicidad entre ellos, está claro. En la siguiente foto sus rostros están juntos y se están besando.

Aparto el móvil y miro hacia el techo.

Duele.

¿Y si es mentira?

La miro de nuevo, para analizar los detalles, y veo que las tres fotos son una secuencia y que parecen muy reales. Kaiden llevaba esa chaqueta el viernes, después del entreno. Lo sé porque pensé que se la debe de poner para ir en moto porque es más gruesa.

Imagino que debió de llevar a Lola a su casa y que allí ocurrió todo eso.

Y alguien los pilló.

Me dejo caer en la cama y cierro los ojos.

Otra vez.

Kaiden juega a dos bandas.

Le gusta Lola. Le gusto yo. Y se mueve de la una a la otra como una pelota de tenis.

¿De qué coño va?

Siento que se me encoge el estómago porque no entiendo que Kaiden pueda ser así.

Miro otra vez las imágenes. Cuanto más las veo, más segura estoy de que son de verdad.

Se las envío a Noa al momento y su reacción me confirma que estoy en lo cierto.

Kaiden es un cabrón.

CAPÍTULO 38
Kaiden

El lunes llego al instituto de un humor de perros, no puedo quitarme de la cabeza el beso que mi padre le dio a la jodida vecina. ¿De qué cojones van? Y mi madre haciendo de anfitriona por allí como si nada.

He pasado una noche de mierda. Dando vueltas en la cama sin poder dormir. Pensando en mis padres. En lo cabrón que es mi padre. En lo engañada que vive mi madre. ¿Debería meterme en todo eso? Yo qué sé. Qué mierdas voy a saber. No debería haber visto ese beso, pero lo he visto.

—Tete, ¿cómo va eso? —me pregunta Iván sentándose a mi lado.

—Bueno, ahí vamos.

—¿Pasa algo? —insiste.

—No, nada.

No me apetece hablar de lo de mis padres ahora mismo. Tal vez más adelante acabe confiando en mis amigos, pero en este momento solo quiero olvidar el puto beso ese.

Veo de reojo que llegan Beatriz, Daniela y Emma, pero no levanto la cabeza, no tengo ganas. Sé que debería saludarlas, justo el sábado pasamos un día de puta madre con ellas, pero no tengo ganas de fingir. Lo único que tengo son ganas de meterme en mi cama y no salir de allí en una semana.

Ese beso no fue un simple beso. Para mí es como si mi padre me hubiera gritado en la oreja que el mundo de los adultos es más falso que una moneda de cinco euros. Y también que mi madre no tiene ningún valor para él. Y eso sí que me jode de verdad. Creo que ella no se merece ese poco respeto.

¡Que la besó en su propia casa! ¡Con ella por allí!

Cada vez que lo pienso me sube una angustia por la garganta...

Las chicas nos saludan cuando pasan y yo muevo la cabeza en un gesto que da a entender que es un saludo, pero no miro a nadie. Tal vez Emma cree que soy un lunático, pero de verdad que no estoy de humor. Ya hablaré con ella cuando sea necesario. Ahora mismo el pesar que siento está por encima de todo y me da un poco igual que alguien se enfade conmigo. Sería una soberana tontería.

La mañana se me hace eterna y mis amigos insisten en saber si me pasa algo. En el segundo descanso, me acorralan y me llevan a la sala donde nos reunimos con los del grupo de lectura.

—Tete, pareces un muerto —dice Iván.

—Sí, Kaiden, estamos preocupados —añade Aarón.

Los miro intranquilo. Si les explico lo que ha pasado en mi casa, no habrá vuelta atrás. No sé si quiero quedar así de expuesto.

—Confía en nosotros —me anima Aarón al ver mi cara de indeciso.

Nos conocemos desde la guardería, así que podemos adivinar algunos de nuestros pensamientos solo con mirarnos.

—Es jodido.

—¿Alguna chica? —pregunta Iván tanteando el tema.

—No, no es eso.

—¿Tu padre? —dice Aarón.

Los miro serio. ¡Qué mal que sepan que mi padre siempre acaba siendo un problema para mí! Pero esta vez es peor. Me ha confirmado lo que yo llevaba sospechando hace días: que engaña a mi madre con la puta vecina.

—Ayer invitó a casa a los vecinos, ya sabéis. Esa pareja que vive en el piso de abajo.

—Sí.

—Pillé a mi padre besando a la vecina. En nuestro pasillo. Como si fuese lo más normal del mundo.

Aarón se pasa la mano por el pelo y dice un «joder» que apenas se oye. Iván da una vuelta sobre sí mismo y me mira incrédulo.

—¿Los viste? —repite.

—Sí. Los vi claramente.

—La hostia, Kaiden, ¿y qué vas a hacer? —me pregunta Aarón.

—Yo qué sé... ¿Se lo digo a mi madre? ¿No se lo digo?

Mis amigos resoplan porque tampoco saben qué responder.

Nos quedamos callados en un absoluto silencio.

Aarón no deja de tocarse el pelo.

Iván se coloca a mi lado y me pasa el brazo por el hombro.

—Sea lo que sea que hagas, estamos a tu lado —me dice.

—Sí, pero ¿qué hago? Solo fue un beso, ¿tendría que decírselo?

Justo en ese momento alguien abre la puerta, y la cierra igual de rápido. Pasamos de mirar quién es. Si ha escuchado algo, habrán sido mis últimas palabras, y ahora mismo me importa una mierda.

Solo me importa mi madre.

Y pensar que puedo joderle la vida.

Que con unas palabras puedo destruir su vida.

Que si se lo digo quizá se rompe en dos.

Que si no se lo digo va a seguir viviendo en una mentira.

¿Qué hago?

CAPÍTULO 39
Emma

Es lunes y estoy un poco triste porque ayer se marchó Noa, pero me quedo con lo que me ha dicho Beatriz al encontrarnos para ir al instituto: «Ha podido estar aquí todo un fin de semana y habéis pasado un montón de horas juntas. Has podido comprobar que vuestra amistad sigue intacta. Genial, ¿no crees?».

Y, sí, tiene toda la razón del mundo.

Vendrán más fines de semana y también las vacaciones, y podremos estar juntas muchas más horas. Lo malo hubiera sido que algo hubiera cambiado entre nosotras dos, pero eso no ha pasado. Seguimos siendo tan amigas como antes.

También estoy de bajón por culpa de las fotos que me enviaron ayer. Beatriz y yo hemos estado hablando de este tema y hemos llegado a la conclusión de que lo mejor es que se lo diga a Kaiden. Es verdad que se ven muy reales, pero con la IA no te puedes fiar de nada, y hay gente que sabe usar la tecnología la hostia de bien.

Cuando llego al instituto, me encuentro a Kaiden poco receptivo. No es que quisiera hablar con él a primera hora, pero es que ni me ha mirado para saludarme. ¿Qué le pasa? Lo relaciono con las fotos y pienso que sabe que alguien me las ha enviado, pero lo descarto al momento. Dudo que sea así; si no, ya me hubiera dicho algo...

Durante toda la mañana intento verlo o cruzarme con él para decirle que necesito hablar de algo importante, pero no hay manera. Está escurridizo, y, cuando me lo encuentro, ni si quiera me mira. Es todo un poco raro porque nuestros ojos suelen cruzarse en varias ocasiones por los pasillos del instituto, cualquier cambio de clase es una buena excusa para mirarnos.

En el segundo descanso charlo con un chico del grupo de lectura, con Salva, y me comenta que ha dejado en la sala donde nos reunimos varios libros que le ha enviado una editorial para que hagamos alguna reseña. Me parece súper saber que tendremos libros nuevos para leer.

Subo las escaleras de dos en dos porque quiero echar un vistazo rápido y volver con mis amigas. Cuando abro la puerta oigo unas voces y, al escuchar lo que dice Kaiden, me quedo clavada en el suelo.

—Sí, pero ¿qué hago? Solo fue un beso, ¿tendría que decírselo?

Joder.

No.

No puede ser.

Cierro la puerta con rapidez y bajo como un rayo para meterme en el primer baño que encuentro.

Joder....

«Solo fue un beso».

«¿Tendría que decírselo?».

Está claro que habla de Lola, de que besó a Lola.

¿Y no sabe si decírmelo?

Siento un pinchazo en el centro del estómago y me abrazo con fuerza.

Cierro los ojos e intento respirar con normalidad.

Un sudor frío me baja por la espalda.

—Vale, Emma, respira —me digo a mí misma.

Tengo que salir del baño o voy a terminar llorando como una desesperada y entonces no podré salir nunca.

Salgo andando a paso rápido, como si alguien me persiguiera. Pero no me sigue nadie. Kaiden no sabe que lo he escuchado y, de todos modos, ¿le importaría?

Es un puto mentiroso.

Y un falso.

Y un hipócrita.

Le gusta jugar con las dos. Está bien claro.

Cuando llego al patio, veo que la vida sigue con total normalidad. El dolor solo está dentro de mí. Los demás no tienen ni idea de lo que me acabo de enterar.

Veo a Beatriz con un grupo de nuestra clase y voy hacia allí a grandes zancadas, pero, como no miro bien por dónde ando, me cruzo con alguien y chocamos.

—Joder —digo más enfadada aún.

¿Es que no sabe andar la gente?

—Ey, Emma, ¿estás bien?

Es Diego, que me mira preocupado mientras me sujeta por los brazos tras el fortuito choque.

¿Estoy bien?

No, por supuesto que no.

El chico que me gusta es un capullo que se va besando con otra mientras a mí me explica cuentos chinos. Eso me pasa por fijarme en alguien más mayor. Son unos creídos y unos imbéciles. Mira Diego qué mono. Seguro que él no es así de imbécil.

En ese preciso momento oigo la risa de Aarón a lo lejos, pero no me vuelvo.

En mi mente todo pasa en milésimas de segundo.

«¿Te gusta Lola? Pues te la quedas. Y a mí me olvidas para siempre».

Sin pensarlo me acerco a Diego y junto mis labios con los suyos. Es solo un beso, pero dura varios segundos porque él no se aparta. Imagino que no se lo esperaba para nada, y menos en medio de todo el instituto. Cuando me separo de él, creo que no oigo nada a mi alrededor y que me pitan los oídos.

La gente nos mira.

Probablemente, Kaiden nos mira.

Y de reojo veo al grupito de Mar con ella en el centro, que también nos mira.

Joder...

La que acabo de liar.

«Suma este beso a tus problemas, Emma».